Katja Behrens
Hathaway Jones

Katja Behrens

Hathaway Jones

Roman

BELTZ
& Gelberg

Katja Behrens, geboren in Berlin, arbeitete viele Jahre als Übersetzerin (u.a. übersetzte sie Henry Miller), war anschließend Verlagslektorin und ist seit 1978 freiberufliche Schriftstellerin. Sie wurde mit zahlreichen Literaturpreisen ausgezeichnet und ist Mitglied des PEN. Zuletzt erschienen von ihr im S. Fischer Verlag der Roman *Die Vagantin* sowie im Programm Beltz & Gelberg *Zorro. Im Jahr des Pferdes* und *Alles Sehen kommt von der Seele. Die Lebensgeschichte der Helen Keller.*

Nominiert für den Deutschen Jugendliteraturpreis

www.beltz.de

Einband von Max Bartholl
Einbandfotos: Lewis W. Hine (oben) und
Walker Ewans (unten)
Neue Rechtschreibung
Gesamtherstellung
Druckhaus Beltz, 69494 Hemsbach
Printed in Germany
ISBN 3 407 80896 8
2 3 4 5 06 05 04 03

Dies ist die Geschichte von Hathaway Jones, der während des Goldrauschs mit seinem Vater an den Rogue River kam. Die beiden versuchten sich als Goldgräber, fanden nichts und kauften schließlich drei Packtiere, mit denen Hathaway den Fluss entlangzog, um den Goldgräbern und Farmern ihre Post zu bringen, Zucker, Salz, Kaffee, Munition für ihre Gewehre und … seine Geschichten. Lange Geschichten, die er sich ausdachte, unterwegs von einem zum andern.

Samps, sein Vater, blieb zu Hause, hackte Holz, ging auf die Jagd und rauchte seine Pfeife.

Samps war ein sehr kleiner Mann und sein Haar schon schlohweiß. Wasserblaue Augen in einem milden Gesicht und ein unbeugsamer Wille. Samps stritt nie. Entweder gab er sofort nach oder überhaupt nicht.

Er war der Einzige, dem Hathaway seine Geschichten nicht erzählte.

In Gegenwart seines Vaters hatte Hathaway etwas Stilles, in sich Gekehrtes, fast Mürrisches, und wenn er etwas sagte, dann war es, um dem Vater mit einem knappen Satz zu widersprechen und von neuem in Schweigen zu verfallen.

Sobald er von zu Hause fort war, fing er an zu singen, so laut und falsch, dass die Ohren seines Maultiers zuckten, erst die Lieder, die er kannte, und dann erfand er welche, und dann wurde er allmählich still und erfand weiter in seinem Kopf, langwierige Geschichten, so weit verzweigt wie das Netz von Bächen und Flüssen in dem Landstrich, durch den er zog. Und wenn er dann bei einem Goldgräber oder einer Siedlerfamilie ankam, schob er den Hut in den Nacken und fing an zu erzählen, als ob das, was er da erzählte, ganz und gar wahr wäre und wirklich geschehen. Und seine Zuhörer, Russen und Franzosen, Deutsche und Italiener, Iren und Holländer, wüste, bärtige, halb wahnsinnige Männer, vergaßen für eine Weile ihre Enttäuschungen und sogar ihre Hoffnungen. Sie vergaßen, wo sie waren und wer sie waren, vergaßen die ganze elende Schinderei und ließen die Unterkiefer hängen.

1

Hathaway Jones ritt durch den dämmernden Morgen, bergauf bergab, den Fluss entlang, über Bäche, deren Namen von den Sehnsüchten der Goldgräber sprachen: Whisky Creek, Rum Creek, Jenny Creek.

Erst hörte er ein Rauschen, das auch von Blättern im Wind sein konnte, dann wurde es lauter und unverwechselbar. Jeder Bach, jedes Flüsschen hatte seine eigene Melodie, mal floss das Wasser bloß über Geröll, mal brach es sich an gewaltigen Felsbrocken. Und immer war das Licht anders. Einmal spielten Sonnenflecken in den Wellen, es gleißte und glitzerte, ein andermal war es schattig, die Luft schwer und feucht. Im Halbdunkel wucherten Farne, Frauenhaar und Hirschfarn, Adlerfarn und Schwertfarn.

Hathaway sah und hörte das alles, weil er allein war. Er war vierzehn Jahre alt, vielleicht auch dreizehn oder fünfzehn, so genau wusste er das nicht. Und er war nicht nur allein, wenn er mit seinen Maultieren unterwegs war, von Sonnenaufgang bis Sonnenuntergang, an heißen Sommertagen, wenn seine Tiere die Ohren hängen ließen, wie in verhangenen Stunden im Herbst, wenn der Fluss hinter Regenschleiern verschwand.

Hathaway war auch allein, wenn er mit seinem Vater in der Hütte war und der Schnee sich draußen türmte. Und wenn er im Frühling loszog und alle paar Wochen heimkam, begrüßte sein Vater ihn mit den immer gleichen Worten: »Wieder da?«

An seine Mutter konnte Hathaway sich nicht erinnern, mit Frauen hatte er wenig zu tun gehabt, von Mädchen träumte er manchmal. Er war so gewöhnt daran, allein zu sein, dass er dachte, das müsse so sein.

Braun gebrannt, mit einem etwas zu großen Schlapphut auf dem Kopf, hielt er die Zügel so selbstverständlich wie jemand, der gar nicht mehr merkt, dass er Zügel hält.

Das Hufetrappeln bekam einen anderen Klang. Hathaway ritt jetzt nicht mehr über Waldboden. Der Pfad führte auf mittlerer Höhe eines Canyon entlang. Zu beiden Seiten des Flusses stiegen Felswände senkrecht in die Höhe. Nackt, grau und zerklüftet lagen sie in der Morgensonne.

Die Thomas-Farm kam in Sicht – ein armes, heruntergekommenes Anwesen. Blockhaus, Ställe, eingefallene Zäune.

Die Tür und die Fenster des Wohnhauses standen offen. Aus einem Fenster heraus blähte sich ein weißer, etwas verschlissener Vorhang.

2

Hathaway band die Maultiere an und tappte unbeholfen auf das Haus zu, schwerfällig und leichtfüßig zugleich, wie die Bären, denen er manchmal unterwegs begegnete.

In dem Haus wohnte ein Mädchen.

Es wäre Hathaway lieber gewesen, er hätte die Post vom Pferderücken aus übergeben können. Ohne Pferd fehlte ihm etwas. Auf seinen eigenen Beinen war er nicht so sicher, auch waren ihm die Arme im Weg. Und er wusste schon jetzt nicht, wo er hinsehen sollte.

Aus dem Haus kamen Töne, die so wunderbar waren, dass Hathaway seine Schüchternheit für einen Augenblick vergaß und sich bereits ausmalte, wie er *das* erzählen würde. Aber dann ging ihm auf, dass *sie* diese seltsam schöne Musik machte, und die Schüchternheit überkam ihn von neuem.

Es gelang ihm gerade noch, den rettenden Türpfosten zu erreichen.

Da lehnte er, groß, schmal und linkisch, die Briefe fest in der Hand, und hörte mit offenem Mund zu.

Klaviermusik kannte Hathaway nicht.

Er hatte die Nacht unter freiem Himmel verbracht, an diesem Morgen noch mit niemandem geredet, die im Schlaf eingefallenen Schutzmauern noch nicht wieder aufgerichtet.

So hörte er sein erstes Klavierstück.

Plötzlich fiel ihm ein, dass er seinen Hut noch aufhatte.

Er zerrte an dem Lederriemen unter seinem Kinn. Die Musik brach ab.

Wie um sich für sein Eindringen zu entschuldigen, streckte Hathaway die Hand mit den Briefen aus.

»Ich habe da ein paar Briefchen …«

Flora Dell war sonnverbrannt und schlicht gekleidet. Ihr Haar war zum größten Teil unter einem im Nacken geknoteten Kopftuch verborgen.

Hathaway Jones stand wie angewurzelt, während sie aufsprang, auf ihn zueilte und nach den Briefen griff.

Hathaway ließ ein wenig zu früh los, die Briefe fielen zu Boden.

Beide bückten sich, jeder wollte sie aufheben, ihre Hände berührten sich. Hathaways Hand war schmutzig, schwielig, mit vielen kleinen Kratzern und Rändern unter den Fingernägeln, die von Flora groß, kräftig und genauso schmutzig und zerkratzt. Einen Augenblick lang blieben ihre Hände beieinander, bekamen ein Eigenleben, wurden zu zwei Handtieren, die einander beschnüffeln, mit Neugier und Vorsicht, offenbar Gefallen aneinander finden und miteinander spielen wollen, aber von ihren Besitzern zurückgerufen werden und widerstrebend gehorchen.

Flora sammelte die Briefe auf, erhob sich und starrte abwesend auf die Umschläge.

Hathaway nahm endlich den Hut ab. Jetzt hatte er wieder etwas, an dem er sich festhalten konnte. Den Hut an den Bauch gedrückt, wagte er einen kurzen Blick auf die Schöne, die ihn verlegen anlächelte.

Hathaway schaute weg, deutete mit dem Kopf auf das Klavier und fragte auf die unvermittelte Art der Schüchternen, denen es so peinlich ist, ein Zimmer zu betreten, dass sie nur losstürmen und mit der Tür ins Haus fallen können: »Möchte bloß wissen, wie ihr das Ding hergeschafft habt!«

Flora wandte sich ab, ging zum Tisch und sagte über die Schulter hinweg: »Mein Vater hat es aus Grants Pass geholt. Zu meinem Geburtstag.«

Hathaway wusste nicht, wann er Geburtstag hatte, und schwieg beschämt.

Flora Dell legte die Briefe auf den Tisch und kam wieder auf ihn zu. Hathaway sah sie kurz an und dann schnell weg. Das Klavier, der Tisch, zwei Stühle und ein Bett, alles grob gezimmert. Auf einem Bord standen einige zerfledderte Bücher, die einzigen in einem Umkreis von vielen Meilen, abgesehen von John Billings Bibel. Lesen konnte Hathaway auch nicht, und bei ihm zu Hause gab es nur einen Raum, die Wände aus unbehauenen Baumstämmen, mit einem winzigen Fenster. Zwei Betten, ein Tisch und zwei Stühle.

»Sie haben es mit einem Maultier gebracht, Vater und Scotty McCullen. Vater hat gesagt, es war eine Schinderei, aber es ging. Manchmal wurde es eng, wenn sie zwischen Bäumen durchmussten. Es hat ein paar Kratzer abbekommen.«

Hathaway wiegte ungläubig den Kopf.

»Vater hat seinen Packsattel mit Kisten erweitert, dann haben sie das Klavier mit einem Flaschenzug draufgehoben. Und alle paar Meilen haben sie Halt gemacht, damit das Maultier sich ausruhen konnte.«

»Mit dem Klavier?«

»Nein, das haben sie mit dem Flaschenzug runtergeholt und später wieder draufgehoben. Den Flaschenzug haben sie vorher dahingebracht, wo sie Halt machen wollten. Bleib doch noch und trink einen Kaffee mit mir.«

»Kann man machen«, sagte Hathaway und knallte entschlossen den verbeulten Hut auf den Tisch.

3

Die Arme unter dem Kopf verschränkt, lag Hathaway und schaute in den weiten, dunkelnden Himmel, an dem zwei Wölkchen aufgetaucht waren.

Der Whisky Creek rauschte.

Rehe, die im Schutz der Dämmerung aus dem Wald gekommen waren, verteilten sich äsend auf der Lichtung.

Im Zwielicht verschwammen die Zweige.

Der Himmel bezog sich mit mehr Wölkchen.

Hathaway schloss die Augen.

Das Rauschen des Bachs ging in Flora Dells Musik über, Hathaway saß mit ihr am Tisch, einen Becher Kaffee in der Hand, und war glücklich.

Kurz bevor er wach wurde, spürte er das Mondlicht, und als er aufstand und um sich schaute, sah er den Mond, der im Osten aufgegangen war, über dem Fluss zwischen zwei Bergrücken.

Es war ein Halbmond, der Himmel war sternenklar.

Mit weit aufgerissenem Mund gähnend, pinkelte Hathaway selbstvergessen vor sich hin, in Gedanken bei Flora Dell und den zwei Löffeln Zucker, die sie in seinen Kaffee hineingetan hatte, als er plötzlich zwei Gestalten sah, die auf Clarence Burkes Hütte zuschlichen.

Clarence Burke war nicht da. Hathaway hatte einen Brief für ihn, den er schon wieder in die Posttasche gesteckt hatte, um ihn bei der nächsten Tour abzuliefern.

Die beiden Schemen spähten durch das Fensterchen und verschwanden dann in der Hütte.

Hathaway überlegte nur einen Augenblick. Im nächsten war er schon bei seinem Lager und packte in aller Eile zusammen.

Er hatte die Maultiere beladen und zog gerade den Sattelgurt stramm, als er etwas Hartes im Rücken spürte.

Er drehte sich nicht um.

Er wusste, was das war. Langsam hob er die Arme.

»Was willst du hier?«

Die Stimme kannte er nicht.

»Ich bin bloß … also ich bring bloß … ich bring doch nur die Post. Ich hab ein Briefchen für Clarence Burke.« Der Revolverlauf drückte in seinen Rücken und Hathaway redete immer weiter. Schweigen konnte gefährlich werden, in der Stille konnte alles Mögliche passieren, also redete Hathaway. Er quatschte und quatschte – sicherheitshalber. »Ich hab auch Zucker und Salz dabei und Kaffee und Munition und Angelhaken, Angelschnur, was Sie wollen, Schmuck für das Liebchen, Hathaway Jones bringt euch die Zivilisation ins Haus, vom Frühjahr bis zum Herbst, zwischen Gold Beach und Galice.«

»Maul«, sagte die Stimme. »Was hast du gesehen?«

»Nichts.«

Hathaway hörte Schritte und dann eine Stimme, die ihm bekannt vorkam.

»Lass ihn.«

Der Druck in Hathaways Rücken ließ ein wenig nach.

»Er wird uns verpfeifen.«

»Wird er nicht. Den kenn ich. Das ist der Sohn vom alten Samps. Cleveres Bürschchen – der weiß, wann er 's Maul zu halten hat. Stimmt's?«

»Stimmt«, sagte Hathaway und ließ langsam die Arme sinken.

Er wusste jetzt, wer die beiden waren. Der eine war Martin Jennings, der andere musste Roland Meyer sein, Burkes Nachbarn, die auf der anderen Seite des Flusses am Rum Creek lebten und sich offenbar angewöhnt hatten, Burkes Hütte als eine Art Laden zu betrachten, in dem sie sich bedienen konnten, ohne zahlen zu müssen.

Burke war schon ganz verbittert und konnte von nichts anderem mehr reden. Erwischt hatte er die beiden nie, aber er war sicher, dass sie es waren, die sein Salz verschwinden ließen, seinen Kaffee, seinen Zucker. In den dreißig Jahren, die er am Rogue River verbracht hatte, war ihm nie etwas geklaut worden … erst als Meyer und Jennings den Claim am Rum Creek übernommen hatten …

Hathaway beschloss, harmlos zu fragen, ob sie etwas dagegen hätten, wenn er hier übernachtete.

»Bleib nur, Junge«, sagte Jennings großzügig.

Hathaway sattelte wieder ab.

4

Eine Schlange schoss quer über den Pfad.

Hathaways Maultier scheute. Hathaway klopfte ihm den Hals und murmelte etwas Beruhigendes, in Gedanken bei der Geschichte, die er sich gerade ausdachte.

Es fing an zu regnen, sein Maultier ließ die Ohren hängen, der Fluss verschwand hinter Regenschleiern – Hathaway merkte es kaum. Es war ihm in den Sinn gekommen, dass es nicht irgendeine Geschichte werden sollte, sondern eine Geschichte für Flora Dell.

Ein Erdrutsch machte den Pfad unpassierbar.

Hathaway musste also abladen und die Maultiere einzeln den Hang hinaufführen, das heißt ziehen und zerren, steil hinauf, schnaufend, keuchend, fluchend, und steil hinab, so steil, dass er auf dem Hintern hinunterrutschen musste, die Zügel in der Hand, immer in Gefahr, von dem hinterherrutschenden Tier erdrückt zu werden.

Als er sie schließlich alle drüben hatte und weiterreiten konnte, war ihm seine Geschichte fremd geworden.

Gegenüber Stair Creek Falls machte er Rast.

Mit dem Rücken an einen Felsen gelehnt, schaute er auf den Wasserfall, der sich gischtsprühend die Felsen hinabstürzte.

Sein Tosen war bis zu ihm hinauf zu hören.

Das Wasser selber war nicht zu sehen, nur die Gischt, blendend weiß und scheinbar unbeweglich.

Kein Wölkchen am Himmel. Kein Geräusch außer dem beständigen Tosen.

Nach einer Weile wusste Hathaway nicht mehr, ob das Tosen in seinem Körper war oder draußen. Aber dass es mit Flora Dell zu tun hatte, das wusste er.

Den Nachmittag verbrachte er damit auszurechnen, wie lange es dauern würde, bis er sie wiedersehen würde.

Die Sonne ging unter, es tropfte von den Bäumen. Vögel sangen ihr Abendlied.

Hathaway aß etwas Käse und trank Wasser aus einem namenlosen kleinen Bach. Er sammelte Holz, machte ein Feuerchen und benannte den Bach nach Flora Dell.

Später lag er auf dem Rücken, schaute in die Sterne und hörte ganz leise Flora Dells Musik.

Er nahm das Glucksen und Plätschern ihres Bachs mit in den Schlaf und lächelte, als ein nächtlicher Schatten auf sein Lager fiel.

Ein Bär schnüffelte an seiner Hand und seiner Decke und betatzte dann vorsichtig seine Haare. Für ihn war es Flora Dells Hand, die sanft seinen Kopf streichelte, und der Vorhang aus ihrem Fenster blähte sich im Wind.

Am Morgen erzählte er ihr eine Geschichte, eine schöne lange Geschichte, erzählte, während seine Hände die Maultiere beluden, erzählte beim Trappeln der Hufe über den weichen Waldboden, beim Platschen des Wassers, wenn sie ein Flüsschen überquerten, beim Knacken der Zweige und Rascheln der Büsche um Black Bar herum.

Hinter einem Felsen ragte ein rostiger Flintenlauf hervor.

Hathaway sah es und erzählte weiter seine Geschichte. Nicht weil er sich plötzlich für unverwundbar hielt – er wusste bloß, wem die Flinte gehörte.

Das Ding gehörte Jimmy Coe, der seinen Sommerbau hinter den Felsen von Black Bar versteckt hatte und ein harmloser Irrer war; ein Männchen so klein wie ein Kind, zerlumpt, mit langem verfilztem Bart und dieser rostigen Flinte, deren Lauf ihn weit überragte.

Von Deckung zu Deckung springend, nahm Jimmy Coe wie üblich die Verfolgung auf.

Hathaway schenkte ihm keine Beachtung. Er hatte etwas viel Wichtigeres zu tun: Er hatte eine Geschichte zu erzählen.

Sein Maultier spitzte die Ohren und wurde unruhig. Hathaway merkte es nicht einmal und merkte auch nicht, wie Jimmy Coe zurückblieb. Er hatte eine Geschichte und er hatte eine Zuhörerin.

5

Kurz vor dem Ditch Creek war die Geschichte zu Ende, und Hathaway fühlte sich so verlassen, wie wenn ein Mensch von ihm gegangen wäre.

In düsterer Stimmung ritt er auf das Blockhaus am Ditch Creek zu, das allgemein Dutch Henrys Laden genannt wurde, obwohl Haus und Laden Dutch Henry nur zur Hälfte gehörten.

Die andere Hälfte gehörte Scotty McCullen, der schnitzend vor der Tür hockte.

Hathaway stieg wie ein Hundertjähriger vom Pferd.

Scotty legte das Schnitzzeug weg und kam auf Hathaway zu. Hathaway murmelte einen Gruß in sich hinein und band die Maultiere an.

Scotty fragte: »Was ist los?«

Hathaway fummelte in den Packtaschen herum und sagte düster: »Nichts ist los.«

Scotty war schon zwanzig und ein bedächtiger Mensch. Die Bedächtigkeit hatte er zusammen mit seinem Dudelsack aus den schottischen Hochmooren mitgebracht. Es dauerte lange, bis Scotty einen Satz heraushatte, wie es auch lange dauerte, bis er ein Tier geschnitzt hatte. Die Tiere schenkte er Liz Wooldridge, und Liz Wooldridge strickte ihm Mützen, Schals und Handschuhe.

Scotty bot Hathaway einen Kaffee an.

Hathaways Miene hellte sich für einen Augenblick auf.

Mit ihren Bechern in der Hand hockten die beiden vor der Tür der Blockhütte, Hathaway ungewohnt einsilbig. Seine Geschichte wollte er nicht erzählen, sie gehörte Flora Dell, und es wäre ihm wie ein Verrat vorgekommen, wenn er sie preisgegeben hätte.

»Spuck's aus«, sagte Scotty bedächtig.

Hathaway starrte trübsinnig vor sich hin und wusste nicht, wie er sich herausreden sollte, bis ihm Jimmy Coe einfiel. Lahm beklagte er sich, dass der ihn verfolgt habe.

Scotty lachte.

»Mann, der ist harmlos. Der tut keiner Fliege was zuleide. Klaut bloß wie ein Rabe, sonst macht der nix. Ich glaub, sein Ding schießt nicht mal. Hat eben lange Finger, das Kerlchen, wirklich lange Finger ... lässt dir den Sattel unterm Arsch verschwinden, wenn du nicht aufpasst, da musst du aufpassen, dass der seine Finger bei sich behält, sonst ...«

Hathaway hörte nur noch Finger, und dann hörte er nichts mehr, weil seine Finger auf dem Weg zu Flora Dells Hand waren. Ihre Finger berührten sich, betasteten sich, ihre Hände verschränkten sich, pressten sich leidenschaftlich, und wer weiß, was geschehen wäre, wenn nicht Dutch Henry in der Tür aufgetaucht wäre.

»Hathaway Jones! Was bringt Ihr uns? Ich sehe keinen Brief. Aber Eure Klunker habt Ihr doch hoffentlich dabei?!«

Dutch Henry – scheißfreundlich und blasiert wie immer. War vor langer Zeit aus Holland an den Rogue gekommen, man hörte es immer noch, bei jedem Wort klapperten die

Holzschuhe mit, und irgendetwas stimmte nicht mit seiner Vergangenheit.

Hathaway wusste nicht, was es war, ihm waren bloß Dutch Henrys tote blaue Augen unheimlich. Der Vater hatte ihm gesagt, er solle sich von Dutch Henry fern halten.

Eben deshalb zog Hathaway nie am Ditch Creek vorbei, ohne Dutch Henry Guten Tag zu sagen. Aber wenn er dann eine seiner Geschichten erzählen wollte, brachte ihn der tote Blick des Holländers so durcheinander, dass er immer lahmer wurde, bis er stotternd aufgab, obwohl er noch längst nicht zu Ende war. Dann tätschelte er seinem Maultier den Hals und atmete erst auf, wenn er außer Sichtweite war. Und jedes Mal schwor er sich, da nicht wieder hinzugehen, und jedes Mal tat er es dann doch.

Hathaway ging zu seinen Packtaschen und kramte darin herum, bis er das zusammengeknotete Schnupftuch mit dem Schmuck gefunden hatte. Schweigend löste er die Knoten und breitete den Schmuck auf dem Tuch aus.

Scotty schaute ihm nachdenklich zu und griff dann nach seinem Schnitzzeug.

Ein paar Ringe, Armbänder und ein Enzian-Halsband, das ein Schweizer Goldgräber tränenreich gegen Whisky eingetauscht hatte. Hathaway schleppte es schon eine Weile mit sich herum, es sah ziemlich unansehnlich aus, aber Hathaway wusste plötzlich, wem er dieses Halsband schenken würde, eines Tages …

Dutch Henry musterte den Schmuck mit seinen toten blauen Augen und rief dann ins Innere des Blockhauses: »Meisje!«

Ein etwa sechzehnjähriges Indianermädchen erschien in der Tür und grüßte Hathaway mit einem vorsichtigen kleinen Lächeln. Hathaway tippte an seinen Hut.

Scotty griff nach einem Ring und fragte: »Was willst du dafür?«

Hathaway hätte ihm den Ring gerne geschenkt, weil es noch so lange dauern würde, bis er Flora Dell das Halsband geben konnte und es ihn drängte, etwas zu schenken, jetzt sofort. Aber es war ihm peinlich – vor Dutch Henry, und so tat er, als hätte er die Frage nicht gehört. Und dann vergaß er sie, weil er etwas sah, was er gar nicht bemerkt hätte, wenn er nicht in diesem seltsamen Zustand gewesen wäre: Er sah, wie Meisje ein wenig zurückzuckte, als Dutch Henry sie beim Arm nahm, nur ganz leicht, als widerstrebte ihr seine Berührung, doch ließ sie sich widerstandslos zu dem Tuch mit dem Schmuck führen.

Milde befahl Dutch Henry: »Such dir was aus!«

Meisje warf den Zopf auf den Rücken und griff ohne zu zögern nach dem Enzian-Halsband.

6

Der letzte Brief in Hathaways Posttasche war für Bob Fox, der in einer Hütte am Lost Creek wohnte, zwischen steigenden Bergrücken und mächtigen Bäumen, die kaum einen Lichtstrahl durchließen.

Fox war ein großer schweigsamer Mann, von dem niemand wusste, woher er kam. Bis zu diesem Frühjahr war er einer von denen gewesen, die von Sonnenaufgang bis Sonnenuntergang schufteten, angelten oder jagten, wenn sie mal frei machten, und jeden Tag darauf hofften, dass heute *der* Tag sein würde, und wenn heute wieder nichts gewesen war, dann morgen, und wenn *morgen* gekommen und gegangen war und wenn es wieder bloß ein bisschen Goldstaub gewesen war, dann eben morgen.

So hatte Bob Fox gelebt. Nichts als Arbeit, verbissene Arbeit.

Und dann der Frühling. Auf einmal war er auffallend oft auf der Billings-Ranch zu sehen gewesen.

Dort strich er um den Laden, in dem Annie Billings Mehl verkaufte, Angelhaken, Salz und Papier, Kaffee, Messer und Gewehre. Manchmal kaufte er etwas, aber meistens trieb er sich bloß herum, hünenhaft und schweigsam.

Wenn Bob Fox dann gefunden hatte, was er suchte, lehnte er sich irgendwo an irgendeinen Pfosten und rührte sich nicht mehr, sagte auch nichts, starrte bloß George Billings' Jüngste an, verschlang sie mit den Augen, verfolgte sie mit seiner stummen Liebe und verstand nicht, warum sie ihm auswich und nichts von ihm wissen wollte.

Sie hieß Dollie und war das einzige Mädchen auf der Billings-Ranch.

Melancholisch ritt Hathaway auf Bob Fox' Hütte zu.

Es war feucht, dunkel und beklemmend am Lost Creek und Hathaway trauerte noch dem Enzian-Halsband nach.

Bob Fox kam aus seiner Hütte. Er musste sich bücken, um aus der Tür zu treten, und dann stand er hünenhaft und schweigend da.

Hathaway überreichte den Brief, ohne abzusteigen, und machte sich auf den Heimweg.

Er war müde, hungrig und tieftraurig, ohne zu wissen, warum.

Schon von weitem hörte er, dass sein Vater Holz hackte.

Der leicht gebeugte Rücken, das weiße Haar, die erhobene Axt. Zu Hause.

Hathaway band die Maultiere an und begann an abzuladen.

Sein Vater spaltete das Holz, das er sich auf dem Hackblock zurechtgelegt hatte, und wandte sich ihm zu, die Axt in der Hand.

»Wieder da?«

Hathaway trug den Sattel in die Hütte.

Als er herauskam, lag ein neues Scheit auf dem Block. Sein Vater schwang die Axt.

7

Es war heiß geworden. Die Sonne stach. Die Luft flirrte. Alles schwieg. Kein Vogelzwitschern und nirgends Schatten. Kein Baum, kein Strauch, nichts. Nur die nackten Felsen, die zum Fluss hin senkrecht abfielen, zu den Bergen hin steil hochstiegen.

Der Schweiß rann Hathaway in die Augen.

Wenn er an einen Bach kam, ließ er die Maultiere saufen, tauchte die Arme in das kalte Wasser, trank aus der hohlen Hand und kühlte das Gesicht.

Gegen Mittag ritt er wieder durch Wald. Ahorn und Eichen, Kastanien und Lorbeerbäume. Schatten und Kühle nach der Hitze im Canyon.

Vogelzwitschern und ein erdiger Geruch. Auf dem weichen Waldboden dumpf das Trappeln der Hufe.

Der Pfad hatte sich vom Fluss entfernt. Zwischen den Bäumen tauchte etwas Dunkles, Massiges auf – ein Bär.

Der Bär drehte sich um und trollte sich.

An diesem Morgen hatte Hathaway sich im Bach gewaschen und danach hatte er sich gekämmt. Den Kamm hatte er extra für diesen Tag von zu Hause mitgenommen, obwohl er wusste, dass sein Vater ihn vermissen würde.

Je näher Hathaway der Thomas-Farm kam, desto aufgeregter wurde er. Sein Herz bummerte. Die Knie waren ihm schwach. Und er hatte die Geschichte vergessen, die er für Flora Dell erfunden hatte. Es war etwas mit einem

Mann gewesen. Der Mann war durch den Regen gegangen und nicht nass geworden. Wunderbarerweise.

Hathaway wusste nicht mehr, was er sagen sollte. Das war das Schlimmste.

Er hatte nicht einmal einen Brief abzuliefern. Jetzt verstand er, warum Bob Fox seine Dollie immer nur anstarrte. Der wusste auch nicht, was er sagen sollte.

Es war nicht so, dass er nichts sagen wollte. Er konnte nicht.

Das Hufetrappeln bekam wieder einen andern Klang. Hathaway war der Thomas-Farm plötzlich bedrohlich nahe. Die zu beiden Seiten des Flusses senkrecht in die Höhe steigenden Felswände, grau und zerklüftet in der Mittagshitze.

Hathaway war derart aufgeregt, dass er hoffte, *sie* wäre nicht da. Aber er war sicher, dass sie da war. Sein Herz wummerte, und er hatte so ein seltsames Gefühl im Magen, wenn er daran dachte, dass er sie gleich sehen würde.

Vielleicht würde sie wieder Klavier spielen. Er könnte sich an den Pfosten lehnen und müsste nichts sagen.

Kein Vorhang, der sich im Wind bauschte. Die Fenster waren geschlossen.

Auch die Tür war geschlossen.

Keine Musik.

Nur ein träges Vogelzwitschern.

Es war niemand da.

Das Herz, das eben noch so mächtig gepocht hatte, flatterte matt in der Brust.

Sie war nicht da.

8

Auf der Billings-Ranch wurde das Sommerfest gefeiert, und alle waren gekommen, um in der Scheune zu trinken und zu tanzen.

Es gab eine lange Tafel, an deren Kopfende George Billings saß. Sein Vater war einer der ersten Siedler am Fluss gewesen. Seine Mutter war eine Rogue-River-Indianerin, eine der wenigen Überlebenden ihres Stammes. Sie wurde Annie genannt. Ihr indianischer Name war nicht überliefert. Annie kümmerte sich um die Gäste, und Georges Bruder Oberon spielte zusammen mit Old Man Rainie zum Tanz auf.

Die Gäste saßen dicht gedrängt auf langen Bänken, die Frauen mit Zöpfen oder aufgestecktem Haar, in Baumwollblusen und langen Röcken.

Hathaway Jones sah nur die eine, sonst nichts und niemand. Er hörte auch nicht, was um ihn herum geredet wurde. Flora Dell war da, auf der anderen Seite der Tafel, neben Liz Wooldridge und Scotty McCullen, alles andere war ihm egal.

Sie hatten noch kein Wort miteinander geredet, aber sie hatten sich zugewunken und manchmal trafen sich ihre Blicke.

Für Hathaway war es, als gäbe es nur sie beide in der Scheune. Er saß neben seinem Vater, der sich mit Flora Dells Vater betrank. Die beiden Alten waren immer näher zusammengerückt, in trunkener Eintracht und weil sie beide schon ein bisschen schwerhörig waren.

Hathaway hatte nichts von alledem bemerkt, so wie er auch jetzt nicht merkte, dass Clarence Burke sich schwerfällig auf dem freien Platz zwischen ihm und seinem Vater niederließ, nicht merkte, dass Burke etwas von ihm wollte.

In Burkes Gesicht arbeitete es, die Hände auf seinen Schenkeln bewegten sich unruhig, er schnaufte und scharrte wie ein Stier, der in die Arena gekommen ist und noch nicht weiß, was er da soll: eher massig und traurig als angriffslustig.

»Wollte dich was fragen.«

Hathaway hörte nicht hin, wollte nicht gestört werden, den Blick nur scheinbar auf die Musikanten gerichtet, tatsächlich beobachtete er Flora Dell. Ohne direkt hinzusehen, hatte er sie immer im Auge.

»Wollte dich mal fragen ...«

Burke legte die Hand auf Hathaways Arm und ließ sie da liegen.

»Wollte dich fragen, ob du in der Nähe meiner Hütte ... zufällig jemanden gesehen hast.«

Hathaway verlor Flora Dell aus den Augen. Er hatte nicht vergessen, wie das war, in jener Nacht bei Burkes Hütte: der Mond, die Diebe und der Revolver im Rücken. Maul halten, sonst ... Er zögerte nur einen winzigen Augenblick, dann sagte er entschieden:

»Zufällig nicht.«

Burke blieb noch einen Augenblick sitzen, dann tätschelte er Hathaways Arm, als hätte er verstanden, und ging.

Kaum war er weg, suchte Hathaway wieder Flora Dells Blick, quer über den Tisch hinweg. Und er hatte Glück. Sie sah ihn an. Für einen wunderbaren Moment trafen sich ihre Blicke, dann sah sie weg.

Hathaway hätte sie gerne zum Tanzen aufgefordert, aber er wusste nicht, wie er das anstellen sollte. Er schaute unwillkürlich zu Bob Fox hin, der einsam und hünenhaft an einem Pfeiler lehnte, in der Hand einen Becher, in dem bestimmt kein Wasser war, und zusah, wie Dollie mit einem dickbäuchigen Goldprospektor aus Galice tanzte.

Scotty McCullen stand auf und führte Liz Wooldridge zur Tanzfläche.

Jetzt wäre der Moment gewesen. Flora Dell saß allein. Ihr Vater trank ihr zu, knallte den Becher auf den Tisch und sagte zu Hathaways Vater: »Ich sag dir, das ist schlimmer wie die Pocken.«

Samps nahm den Hut ab. Sein weißes Haar klebte am Kopf. Die Hand, die das Beil zu Hause noch sicher führte, zitterte sachte, vielleicht, weil es hier nichts zu arbeiten gab.

»Was?«, fragte er gleichgültig.

»Schlimmer wie Typhus und Cholera.«

»Was?«, fragte Samps immer noch gleichgültig.

»So von der Liebe befallen zu sein«, erklärte Jim düster.

»Wer ist von der Liebe befallen?«, fragte Samps, nicht mehr ganz so gleichgültig.

Jim Thomas warf einen Seitenblick auf den Hausherrn, ob der nicht etwa zuhörte – man redete vor ihm nicht so über eine Liebe zu seiner Tochter –, dann deutete er mit dem Kopf auf den einsamen Hünen, der noch immer reglos an seinem Pfeiler lehnte.

Samps, dem endlich ein Licht aufging, riss den beinahe schon zahnlosen Mund auf: »Ahhhhhh ...«

Mit einem Ausdruck, in dem sich Neugier, Mitleid und Altersweisheit mischten, schauten die beiden zu dem unglücklichen Hünen hinüber.

Hathaway stellte sich vor, wie er zu Flora ging, um sie zum Tanzen aufzufordern. Er wusste nicht, was er sagen sollte, und so sah er sich, wie er ohne Worte dastand, und weil ihm auch nicht einfiel, was sie sagen könnte, erhob sie sich wortlos. Dann lag sie warm und weich in seinen Armen, und ihm wurden die Knie so schwach, dass er unmöglich von der Bank aufstehen und zu ihr hingehen konnte.

So kam es, dass er mit ansehen musste, wie Dutch Henry sich neben *ihr* niederließ und sie mit einem scheißfreundlichen Lächeln ansah.

»Du wirst immer schöner.«

Dabei schaute er ihr tief in die Augen. Es gehörte zu seinen Eigenheiten, dass er den Frauen tief und bedeutungsvoll in die Augen sah.

»Wie geht es dir?«

Flora Dell erwiderte reserviert: »Danke, Henry.«

Er musterte sie anerkennend.

»Hast du die Bluse aus Paris kommen lassen?«

Flora Dell lachte, wider Willen geschmeichelt. Sie warf einen schnellen Blick zu Hathaway Jones hinüber, der aber nichts davon mitbekam, weil er Jack Mahoney beobachtete.

Jack Mahoney ging herausfordernd auf Bob Fox zu. Es braute sich etwas zusammen. Die beiden Männer waren verfeindet, und Hathaway in seiner Eifersucht war froh, dass es etwas zu sehen geben würde.

Jack Mahoney war ein kleiner Mistkerl, der keine Schwäche sehen konnte, ohne sie auszunutzen. Und Jim und Samps waren nicht die Einzigen, die Fox' stumme Not bemerkt hatten.

Mahoney wollte sich die Gelegenheit offenbar nicht entgehen lassen und baute sich keck vor dem Hünen auf. Fox trank einen Schluck und blickte über Mahoney hinweg.

Der Tanz ging zu Ende, die Musik verklang.

An der Tafel richteten sich aller Blicke auf Fox und Mahoney. Nur zwei Menschen kümmerten sich nicht um die beiden: Meisje, die der alten Annie beim Bedienen der Gäste half, und ein junger Schwarzer namens Black, der auf der Billings-Ranch arbeitete.

Black ging hinaus und flüsterte Meisje im Vorübergehen zu: »Wir treffen uns draußen.«

Fox zog geräuschvoll den Rotz hoch und spuckte Mahoney vor die Füße.

Es wurde still in der Scheune.

George Billings stand auf.

Die Musik setzte wieder ein.

Mahoney drehte sich um und ging würdevoll hinaus.

George Billings setzte sich wieder hin.

Dutch Henry erhob sich und machte eine Verbeugung vor Flora Dell, die sofort aufstand, um mit ihm zur Tanzfläche zu gehen.

Hathaway Jones sah es, leerte seinen Becher auf einen Zug und schenkte ihn gleich wieder voll.

Jim Thomas räusperte sich und murmelte zu Samps hin: »Hattie konnte den Schleimscheißer nie leiden.«

»Welchen Schleimscheißer?«, fragte Samps gleichgültig.

»Den Leisetreter.«

»Den kleinen Hinterfotz?«

Jim wurde ungeduldig: »Nich den kleinen Hinterfotz! Den Schleimscheißer! Den holländischen …«

Samps ging ein Licht auf: »Ahhhh … den konnte Doris auch nie leiden.«

Jim Thomas war schon ziemlich betrunken, aber dass da etwas nicht stimmte, merkte er doch.

»Deine Doris kann den gar nicht gekannt haben, aber meine Hattie, die hat ihn gekannt. Das war eine Frau – die hatte den sechsten Sinn!«

Missbilligend beobachteten die beiden alten Männer, wie Dutch Henry so förmlich mit Flora Dell tanzte, als befände er sich nicht in einer Scheune, sondern in irgendeinem Salon.

Flora Dell hielt den Kopf abgewandt und machte ein abweisendes Gesicht, aber das sah Hathaway nicht. Er sah nur, dass er nie so tanzen, nie so den Arm um eine Mädchentaille legen, nie solche Schritte machen könnte.

Plötzlich brach die Musik ab. Am Rande der Tanzfläche hielt Clarence Burke den Roland Meyer am Hemd gepackt. Er hatte den Kopf gesenkt wie ein Stier, der endlich zum Angriff übergegangen ist. Meyer hielt sich den Bauch. Sein Gesicht war schmerzverzerrt.

»Noch einmal.«

Meyer tat, als hätte er keine Ahnung, worum es ging. Er war ein guter Heuchler. Wenn Hathaway nicht gesehen hätte, was er gesehen hatte, hätte er geglaubt, Burke hätte den Falschen erwischt.

Burke drehte das Hemd in der Faust.

»Noch einmal.«

»Was ist denn los?«

Burke schüttelte ihn, das Hemd riss.

»Weißt du genau. Noch einmal.«

Am Kopfende der Tafel stand langsam und ruhig George Billings auf und bewegte sich mit dem Gang des Hausherrn auf die beiden zu.

Hathaway kippte einen weiteren Becher Whisky hinunter und griff nach der Flasche.

Die Musik setzte wieder ein.

Jim Thomas stieß Samps in die Rippen.

»Wassen mit deinem Sohn?«

»Was ist mit meinem Sohn?«

»Besäuft sich.«

»Nich mein Sohn.«

»Ich sag dir, der besäuft sich.«

»Mein Sohn nich.«

Jim klickte mit dem Gaumen. »Wer weiß.«

»Was?«

»Vielleicht hat dem auch ein Engelchen aufs Herz gepisst.«

»Nich meinem Sohn.«

Jim Thomas zuckte die Achseln und schaute zur Tanzfläche, wo Bob Fox inzwischen mit Dollie tanzte, stocksteif und wie ein Zombie.

Sie reichte ihm gerade bis an die Brust. Ihre Nase war an seine Rippen gequetscht, und das, was von ihrem Gesicht zu sehen war, sah gequält aus: Er hielt sie wie ein Schraubstock.

Hathaway ließ den Kopf auf die Brust sinken, hob ihn aber gleich wieder, um mit glasigen Augen nach Flora Dell und Dutch Henry zu schauen, die noch immer miteinander tanzten. Dann ließ er den Kopf von neuem fallen und murmelte vor sich hin:

» … am Arsch lecken.«

Sein Vater boxte ihn in die Rippen:

»Sohn! Wir gehn!«

Samps, dessen Hände plötzlich wieder kraftvoll zupacken konnten, zog seinen Sohn hoch und bugsierte ihn aus der Scheune.

In der Dunkelheit draußen lugte ein verwahrlostes Männlein mit einer Flinte hinter einem Baum hervor.

Hathaway stolperte hinter seinem Vater her zu den Stallungen, wo die Maultiere angebunden waren.

Samps zog die Sattelgurte stramm.

Hathaway ergriff die Zügel wie einen Rettungsring, schwang sich in den Sattel und folgte seinem wütenden Vater zum Fluss hinunter, wo ein Paar eng umschlungen unter den Bäumen stand.

»Bloß der alte Samps mit seinem Sohn«, flüsterte Black beruhigend.

Meisje versuchte, sich loszumachen.

»Wenn *er* jetzt rauskommt …«

Black streichelte ihr Haar.

»Der kommt nicht. Flora hält ihn fest. Ich hab sie drum gebeten.«

9

Der Wald leuchtete. Vögel sangen. Ein Wasserfall rauschte. Hathaway hörte es nicht.

Er tätschelte den Hals seines Maultiers und erzählte ihm, was er sonst niemandem erzählen konnte. Wie er nach dem Sommerfest an der Thomas-Farm vorbeigeritten war, kein Blick zu den Fenstern, den Hut tief ins Gesicht gezogen. Nie mehr hatte er Halt gemacht an dem Bach, den er so voreilig nach *ihr* benannt hatte. Und immer sah er Flora Dell vor sich, wie sie mit Dutch Henry getanzt, wie sie in seinen Armen gelegen hatte.

Es war das erste Mal, dass er eifersüchtig war, und er hatte noch keinen Namen für dieses Gefühl, das so wütend und so hilflos macht.

Es war heiß. Die Maultiere waren schweißüberströmt. Es ging bergauf, bergab und wieder bergauf. Links steil hoch, rechts steil runter.

Sonst war ihm dieser Teil des Weges unangenehm. Wenn er in die Tiefe schaute, hatte er ein merkwürdiges Gefühl im Magen. Dasselbe Gefühl – so ein kleiner Hopser des Magens – hatte er auch gehabt, als er die Post abgeholt und gesehen hatte, dass ein Brief für Flora Dell dabei war.

Wochenlang war kein Brief für sie dabei gewesen, und Hathaway hatte schon gehofft und gefürchtet, dass er sie nie wiedersehen würde.

Und jetzt war es passiert.

Er dachte daran, den Brief wegzuwerfen. So viele Briefe gingen verloren. Sie hätte es nie erfahren. Aber es ging nicht. Er musste ihr den Brief bringen.

Warum, wusste er nicht.

Die Briefe für Dutch Henry hatte er bedenkenlos zerrissen und in den Fluss geworfen. Es hatte ihm gut getan, sie zu zerfetzen, bis nur noch eine Hand voll Schnipsel übrig war. Dann hatte er befriedigt beobachtet, wie die Schnipsel auf den Wellen davonschwammen und bei der nächsten Stromschnelle versanken.

Zum ersten Mal nach dem Sommerfest war ihm wieder wohl gewesen. Aber das hatte nicht lange gehalten. Dutch Henry hatte ihn gefragt, ob er Post für ihn habe. Er hatte in die toten blauen Augen geblickt und nein gesagt, für ihn sei nichts dabei gewesen. Aber dann war Meisje aus dem Laden gekommen und Hathaway hatte das Enzian-Halsband gesehen. Während er noch munter von dem Mann erzählte, der durch den Regen ging, ohne nass zu werden, war er in einen Abgrund von Scham gestürzt.

Hätte ihn jemand gefragt, ob es ein Grund sei, sich zu schämen, weil jemand einen nicht will, hätte er Quatsch gesagt, Blödsinn, is doch ganz normal, das is doch nichts zum Schämen. Aber er schämte sich. Weil etwas mit ihm nicht stimmte. Sonst hätte sie ihn doch gewollt. Er konnte nicht richtig lesen, gerade so viel, dass er die Namen auf den Briefen auseinander halten konnte. Er kannte seinen Geburtstag nicht. Er wusste nicht, wie man eine Frau zum Tanzen auffordert, und er konnte nicht tanzen. Für all das und noch vieles mehr, das er nicht benennen konnte, schämte er sich. Im Grunde schämte er sich dafür, dass er da war. Und als er endlich mit dem Brief in der Hand auf der Schwelle der Thomas-Farm stand, wäre er am liebsten im Erdboden versunken.

Ohne Flora Dell anzusehen, streckte er ihr den Brief hin, tippte sich an den Hut und ging.

Am liebsten wäre er gerannt. Er zwang sich, langsam zu gehen. Stocksteif die paar Schritte bis zu seinem Maultier. Das Schlimme war, dass er genau wusste, wie steif er ging. Also versuchte er, locker zu gehen, aber spürte, dass er noch steifer wurde.

Das Gäulchen war seine rettende Insel. Sobald er im Sattel saß, fühlte er sich etwas sicherer. Einer großen Gefahr entronnen, wenn auch noch nicht in Sicherheit.

Er spürte seinen Rücken, während er davonritt und fürchtete, dass sie ihm etwas ansehen könnte. Ohne sich umzudrehen, saß er hoch aufgerichtet im Sattel, ihren möglichen Blick im Rücken, und er wusste nicht, was schlimmer war: Wenn sie ihm nachsah oder wenn sie ihm nicht nachsah.

Ihren Anblick hatte er gemieden, aber ihrer Stimme hatte er nicht ausweichen können.

Mit dieser Stimme im Ohr ritt er weiter. Sie war warm und sie nannte ihn beim Namen. Eine Frauenstimme, die ihn beim Namen nannte. Die Ohren seines Maultiers spielten, während Hathaway klagend und wütend und hilflos zu ihm sprach. »Ich hab gedacht, es ist vorbei, Schluss. Mir reicht's, aus und vorbei. Kann auch ohne die. Und jetzt geht das wieder los. Ich hab wirklich gedacht, es ist überstanden … endlich, hab ja auch lang genug damit rumgemacht, und dann seh ich sie und alles fängt wieder von vorne an. Und ich hab doch wirklich gedacht, ich wär drüber weg.«

An Horseshoe Bend, wo der Fluss eine Biegung macht, die an ein Hufeisen erinnert, ließ Hathaway die Maultiere saufen. Während sie mit leicht gespreizten Beinen am Wasser standen und die Mäuler hineintauchten, betrachtete Hathaway ein Wespennest. Es war schmutzig weiß und sah aus wie ein verbundenes Gesicht. Als er zu Boden blickte, schlängelte sich lang und dünn eine gelb gestreifte Schlange vor seinen Füßen. Das lautlose Geschlängel und das schläfrige Murmeln des Wassers.

Die Maultiere hoben eins nach dem andern die Köpfe.

Hathaway machte sich wieder auf den Weg. Vielleicht, dachte er, ist es bloß ein Rückfall. Vielleicht geht es von allein vorbei … wie ein Schnupfen.

In der Ferne tauchte Clarence Burkes Hütte auf.

Das Maultier blieb stehen und hob den Kopf. Hathaway kniff die Augen zusammen, um besser sehen zu können. Soeben kam jemand aus der Hütte, gefolgt von einem Mann, der gebückt ging und einen Buckel hatte.

Den Buckel hatte er nur für Hathaway und nur für einen Augenblick. Im nächsten war es ein Sack, und sofort erinnerte Hathaway sich an den Druck von Roland Meyers Revolver in seinem Rücken. Er hielt die Luft an und sah weg, damit die beiden Diebe seinen Blick nicht spürten.

Als er wieder hinzusehen wagte, waren Meyer und Jennings auf dem Pfad zum Fluss verschwunden.

Hathaway fing vorsichtig an, wieder zu atmen. Jetzt würden sie das Ufer erreicht haben, jetzt den Sack im Boot verstauen, jetzt das Boot losmachen, es ins Wasser schieben, hineinspringen und zum anderen Ufer rudern, wo ihre Hütte stand.

Hathaway wartete, bis er sicher sein konnte, dass sie ihn nicht sehen würden, und ritt eilig weiter, vorbei an Clarence Burkes Hütte, deren Tür knarrend in den Angeln schwang.

Kaum war die Gefahr vorbei, hatte er schon wieder Flora Dells Stimme im Ohr, die ihn beim Namen nannte, aber er sah sie nicht, wie sie freudig auf ihn zugekommen war, sondern wie sie mit Dutch Henry getanzt hatte. Er gab seinem Maultier einen derben Schlag auf den Hals. »Will meine Ruhe haben. Hab die Schnauze voll von den Weibern. Will endlich wieder meine Ruhe haben.«

10

Ein Stück flussaufwärts vom Quail Creek steht ein einzelner Baum mitten im Fluss, hoch oben auf einem nackten Felsen. Die Wurzeln winden sich den Felsen hinunter wie dicke braune Seile. Das graue Gestein in der prallen Sonne, vollkommen kahl über dem eiligen Wasser und obenauf der Baum, saftig grün und ein bisschen zerzaust.

Es muss ein langer Weg gewesen sein, jeden Frühling ein Stückchen weiter, Jahr für Jahr.

Vielleicht hat ein Hochwasser einen Schössling dorthin getragen, einen, der leben wollte, vom Fluss mitgerissen, als eine Schneeschmelze die Bäche anschwellen ließ und die Bäche die Flüsschen und die Flüsschen den Fluss, der über die Ufer trat, das Land überschwemmte, durch die Schluchten tobte, zerstörte, was ihm im Weg war, und die Landschaft verändert zurückließ, nachdem er langsam wieder in sein Bett zurückgekehrt war.

Hathaway wusste nicht, wie es gekommen war, dass er Flora Dell von seinem Baum erzählte.

Sie saßen einander gegenüber an dem groben, selbst gezimmerten Tisch. Hathaway hielt einen Becher Kaffee in der Hand, mit zwei Löffeln Zucker, und sie hatte auch für ihn umgerührt. Er hatte die Briefe abgeben wollen wie letztes Mal. Aber sie hatte sie einfach nicht genommen, sondern ihn gefragt, ob sie ihm etwas vorspielen solle. Und dann hatte sie sich ans Klavier gesetzt und für ihn gespielt und er hatte den Hut abgenommen. Und dann der Kaffee und die zwei Löffel Zucker, und jetzt erzählte Hathaway, anders als sonst, wenn er seine Geschichten zum Besten gab, und während er erzählte, flog leise ein Engelchen durchs Zimmer und pisste ihm aufs Herz.

Mit Engelspisse auf dem Herzen kann man nicht mehr schlafen. Man mag auch nicht essen. Und wenn es das erste Mal ist, weiß man nicht, warum das Herz so brennt. Das kommt, weil Engelspisse scharf ist.

Es fing an zu regnen und es hörte tagelang nicht mehr auf.

Der Fluss schwoll an.

Die Bäche traten über die Ufer.

Überall schoss Wasser zu Tal.

Hathaway Jones flüchtete sich in Dutch Henrys Laden. Mit Scotty McCullen schaute er in den Regen hinaus, der langsam nachließ.

»Liz und ich«, sagte Scotty auf seine bedächtige Art, die er von den schottischen Hochmooren mitgebracht hatte, »wir wollen heiraten. Und weg von hier. Ich lass mir meinen Anteil auszahlen und dann nichts wie weg von hier.«

Hathaway mit seinem wunden Herzen dachte daran, dass Flora Dell ihn nie heiraten würde. Dann fiel ihm etwas ein.

»Weiß Dutch Henry es schon?«, fragte er mit gesenkter Stimme.

Ihm war eingefallen, dass Dutch Henry es nicht mögen würde, wenn Scotty das Geld, das er in den Laden gesteckt hatte, zurückverlangen würde.

»Ich hab es ihm vorhin gesagt«, antwortete Scotty, in den Nieselregen hinausschauend.

Scotty McCullen war Hathaways Freund, aber er war schon ein Mann. Hathaway konnte nichts tun, nichts sagen. Er streckte Scotty die Hand hin.

»Viel Glück.«

11

Als Hathaway Jones nach Hause kam, drehte sein Vater gerade einem laut gackernden Huhn den Hals um.

Hathaway sattelte sein Maultier ab.

Das Huhn hörte auf zu gackern.

Samps richtete sich auf und fragte: »Wieder da?«

Hathaway leerte die Packtaschen.

Der Vater fing an, das Huhn zu rupfen.

Hathaway untersuchte seine Ware. Was nass geworden war, breitete er zum Trocknen aus. »Scotty McCullen will weg«, sagte er. »Mit Liz.«

»So?«, sagte Samps. »Dann will er sich wohl seinen Anteil auszahlen lassen. Junge, du bleibst da weg, verstanden?«

12

Die Engelspisse auf Hathaways Herzen fing schon an einzutrocknen, als ihm endlich einfiel, wie er Flora Dell wiedersehen könnte, ohne an ihre Tür klopfen zu müssen.

Jeden Sonntagmorgen nämlich predigte George Billings in der Scheune. Und vielleicht würde Flora Dell da sein.

Hathaway richtete es so ein, dass er am Samstagabend in der Nähe der Billings-Ranch übernachtete.

Am Morgen nahm er ein Bad im Fluss. Er kämmte sich gerade mit dem Kamm, den er seinem Vater wieder geklaut hatte, als er Zweige knacken und Büsche rascheln hörte und den rostigen Lauf von Jimmy Coes Flinte sah.

Von Deckung zu Deckung springend, folgte der Kleine ihm bis zu dem Bach, der die Ranch auf dieser Seite begrenzte. Dann blieb er zurück.

Kanus und Ruderboote am Fluss, Pferde und Maultiere vor den Stallungen und dem Laden.

Goldgräber und Siedler und einige wenige Frauen in langen Baumwollkleidern und mit Sonnenhüten. Flora Dell war nicht dabei.

Bob Fox war da, lehnte an demselben Pfeiler, den er sich schon beim Sommerfest ausgesucht hatte, und starrte Dollie und den dickbäuchigen Goldprospektor an, der sicher nicht nur aus Galice gekommen war, um George Billings predigen zu hören.

In der Scheune waren nur noch ein paar Bänke und keine Tische mehr. Da, wo Oberon und Old Man Rainie zum Tanz aufgespielt hatten, stand ein mit blauem Samt überzogener Schemel, der ein Hirschgeweih anstelle von Beinen hatte.

Auf dem Schemel legte George Billings die Bibel ab. Er senkte den Kopf und sprach ein Gebet.

Jemand kam leise in die Scheune. Hathaway drehte sich um. Es war nicht Flora Dell.

Es war George Billings' Mutter, die alte Annie. Sie sah nicht mehr gut. Hathaway merkte es an ihren tastenden Händen, wie sie die Bank befühlten, bevor die Alte sich darauf niederließ. Hier hatte ihr Mann gepredigt, in einer Sprache, die sie erst hatte lernen müssen, hier waren ihre Kinder getauft worden, hatten sie Hochzeiten gefeiert, vor langer Zeit, als ihr Mann noch lebte. John war ein guter Mann gewesen. Er trank nicht und schlug nicht. Und hatte immer hart gearbeitet, Holz gefällt, die erste Hütte gebaut, dann das Haus, Schuppen und Scheune. Stallungen und Zäune, die immer wieder ausgebessert werden mussten. Sie hatte die Kinder großgezogen und Kräuter gesammelt, wenn sie krank wurden. Im Herbst kochte sie Beeren ein und John sorgte für den Winter vor, machte Feuerholz und Heu für das Vieh, und wenn er Zeit hatte, zimmerte er Tische und Stühle, fertigte Sensen, Rechen, Äxte an.

Sie hatten immer genug zu essen. Er ging auf die Jagd, erst allein, später mit den Söhnen. Wenn er heimkam mit einem Bären oder Wildschwein, half sie beim Zerlegen, und sie bereitete die Fische zu, die er angelte. Sie kannte den Fluss. Sie war hier geboren und aufgewachsen wie ihre Eltern und Großeltern. Wahrscheinlich war sie die Einzige in der ganzen Gegend, die noch den indianischen Namen des Flusses kannte. Das Land hatte ihr Mann vom amerikanischen Staat gekauft. Da waren ihre Eltern schon tot, ihr Stamm besiegt.

Die ersten Weißen, die zu dem Fluss kamen, den sie Rogue River nannten, waren Trapper. Ihnen ging es nur um die Felle. Dann stieß ein französischer Goldsucher auf die erste Goldader.

Der Goldrausch begann. Und das Morden.

Zuerst waren es einzelne Morde. Einzelne Weiße überfielen einzelne Indianer. Einzelne Indianer rächten sich an einzelnen Weißen. Indianer-Agenten suchten zu vermitteln. Ein Vertrag wurde geschlossen. Die Indianer hielten sich daran, die Weißen nicht. Es kam zum Krieg. Die Weißen siegten nicht sofort. Der Krieg dauerte ein Jahr. Dann wurden die überlebenden Indianer in ein Reservat gebracht, wo die Hälfte von ihnen innerhalb eines Jahres starb.

Die Predigt war zu Ende.

Alle erhoben sich und sangen.

Man ging in den Laden hinüber.

Im Laden roch es nach Leder und Kaffee.

Gestampfter Lehmfußboden. Fässer mit Mehl, Salz und Zucker. Erbsen und Bohnen in Säcken. Zaumzeug, Sättel und Packtaschen. Sonnenhüte. Angelhaken, Messer und Gewehre. Schmuddelige Schachteln mit Munition.

Auf der Theke ein Fässchen mit Whisky und eine große, plumpe Waage.

Goldgräber und Siedler standen herum und tranken.

Annie hinter der Theke und Dollie davor. Sie bewegte sich schnell und anmutig.

Flora Dell war nicht gekommen.

Hathaway stand unschlüssig herum.

»Was machst du denn hier?«

Hathaway hatte das Gefühl, dass Black ihn durchdringend ansah, und verspürte den Drang, sein Dasein wortreich zu rechtfertigen, doch fiel ihm so schnell nicht ein, wie er sich herausreden könnte. So zuckte er bloß stumm die Achseln.

Black klopfte ihm freundlich auf die Schulter.

»Alles okay, Junge?«

Hathaway lächelte den Schwarzen an, der auf der Billings-Ranch lebte und arbeitete, solange Hathaway ihn kannte. Sie nannten ihn Black, weil seine Haut so dunkel war.

»Ich glaube, der Ire macht Ärger«, sagte Black und deutete mit dem Kopf auf Jack Mahoney, der wie ein giftiger kleiner Köter um seinen Feind Bob Fox herumscharwenzelte.

Bob Fox schaute finster schweigend über ihn hinweg.

Mahoney zog die Lefzen hoch. »Es heißt, Dollie wird sich mit dem Dickwanst aus Galice verloben.«

Bob Fox schien nichts gehört zu haben.

Mahoney wurde lauter. »Ein Jammer. So einen treuen Hund wie dich findet sie nicht noch mal.«

Mit regloser Miene beobachtete Bob Fox, wie Dollie auf einen Hocker stieg, um etwas aus dem obersten Fach des Regals zu holen.

Der Ire leckte sich die Lippen, vielleicht spürte er, dass er zu weit ging, aber er konnte nicht aufhören. »Du bist doch ein treuer Hund. Oder bist du kein treuer Hund?«

Fox löste sich von seinem Pfosten und schlug zu.

Mahoney flog laut schreiend durch den Raum.

Dollie stieg vom Hocker.

Annie, die über das Salzfässchen gebeugt stand, schaufelte Salz in eine selbst gedrehte Tüte, legte die Tüte auf die Waage und tastete nach den Gewichten, ohne sich um den Tumult zu kümmern.

Bob Fox verließ gemessenen Schritts den Laden.

Mahoney rappelte sich auf. Er blutete aus der Nase und verdrehte die Augen.

»Heilige Mutter Gottes, tu mir den Gefallen, verdirb ihn, mach ihn kaputt, lass einen Schneesturm über ihn kommen, soll er erfrieren, lass ihn verrecken, bitte …«

13

Hitze und flirrende Luft. Kein Geräusch außer dem Trappeln der Hufe.

Der Schatten eines Vogels glitt über einen Abhang.

Hathaway bog vom Pfad ab, um die Maultiere am Fluss saufen zu lassen.

Er schöpfte Wasser aus der hohlen Hand und trank einen Schluck. Es war köstlich. Hathaway warf sich auf den Bauch, um in vollen Zügen zu trinken.

Als er endlich den Kopf hob, sah er etwas. Halb am Ufer, halb im Wasser lag ein Mensch: Scotty McCullen.

Er lag mit dem Gesicht im Wasser. Hathaway erkannte ihn an seinem Haar. Niemand sonst hatte solche Haare. Locken wie ein Mädchen.

Jemand hatte Scotty den Schädel eingeschlagen. Hathaway erbrach das Wasser, das er eben getrunken hatte.

Dutch Henry wurde nach Galice gebracht. Er behauptete, er habe Scotty ausbezahlt und ihn seitdem nicht mehr gesehen. Es gab keine Beweise gegen ihn. Man musste ihn laufen lassen.

Er kehrte in seinen Laden zurück und tat, als ob nichts geschehen wäre. Kein Schuldbewusstsein in den toten blauen Augen und scheißfreundlich wie immer.

Die Goldgräber aus der Gegend um Ditch Creek kauften weiter bei ihm ein und Hathaway Jones brachte ihm wieder seine Post. Nie mehr würde er einen Brief für Dutch Henry zerreißen, und manchmal wurde ihm ganz elend bei dem Gedanken, dass er es getan hatte und Dutch Henry *irgendwie* darum wissen könnte.

14

Ein Bach eilte bergab, stürzte sich als Wasserfall in einen kleinen Teich, eilte weiter.

Hathaway Jones näherte sich dem verbrannten Wald. Plötzlich war es sehr still. Kein Vogel sang mehr, kein Blatt regte sich. Die Sonne stach. Verkohlte Stämme ragten in einen wolkenlosen Himmel. Ein schwärzlicher Geruch lag in der Luft. Alles tot und still. Wie im Traum ritt Hathaway zwischen Baumleichen hindurch.

Am Grave Creek standen dann wieder Weidenbüsche.

In dem verbrannten Wald hatte Hathaway angefangen zu grölen:

Annabella von Kastilien
hat zwei Schenkel wie zwei Lilien
und dazwischen wie zum Trotze
eine rabenschwarze Fotze

Auch nachdem er den Wald hinter sich hatte, sang er noch, nur nicht mehr so trotzig, beinahe schon traurig:

Annabella von Kastilien
hat –

Er brach ab, kratzte sich am Kinn.

Vom Grave Creek her kam Flora Dell auf ihn zu. Sie tat,

als ob sie nichts gehört hätte, und Hathaway fragte betont munter:

»Wo kommst du denn her?«

Sie antwortete, sie sei am Grab ihrer Mutter gewesen, und Hathaway schwieg beschämt. Er sprang vom Pferd, ohne sie anzusehen, und wusste nicht, woher er den Mut nahm, sie zu fragen, ob sie einen Kaffee mit ihm trinken wolle.

In der Mittagsstille war nichts als das leise Glucksen des Wassers zu hören.

Wiesen, und Weiden, die ihr Gezweig schlaff über einen kleinen Bach hängen ließen.

Sonnenblitze und reglos stehende Forellen im Wasser und darüber das schwankende Spiegelbild der Weiden.

Ein Topf wurde hineingetaucht. Das Bild der Weiden zerfloss. Die Forellen schossen davon.

Hathaway sammelte Holz, Flora legte ein paar Steine zurecht. Er holte den Kaffee aus den Packtaschen, sie blies das Feuer an und stellte den Topf auf die Steine.

Flora Dell und Hathaway Jones stocherten im Feuer herum und schwiegen. Es war sehr still. Das Glucksen des Wassers, das Schnauben der Maultiere und, weit weg, das beständige Tosen eines kleinen Wasserfalls im Fluss.

Flora hob den Deckel, um zu sehen, wie weit das Wasser war.

Hathaway, der sich immer noch wegen seines Liedchens genierte, lächelte sie schüchtern an.

Sie lächelte zurück und blickte dann weg.

Beide schauten so interessiert auf den Fluss, als würden sich dort große Dinge tun.

Hathaway räusperte sich und versuchte einen Ausfall auf neutrales Gebiet.

»Wir haben ja heute einen schönen Sonnenschein.«

»Ja«, sagte Flora.

»Bei Sonnenschein fühlt man sich doch gleich ganz anders.«

»Ja«, sagte Flora und fragte unvermittelt: »Glaubst du, dass er es war?«

Hathaway wusste sofort, wen sie meinte.

Er zuckte die Achseln. *Darüber* wollte er nicht reden.

Das Wasser kochte. Hathaway streute den Kaffee hinein und rührte mit einem Stöckchen um.

Flora zupfte ihr Kopftuch zurecht.

Hathaway wartete, bis der Kaffee sich gesetzt hatte, dann tauchte er den Becher in die Brühe.

»Ich hab nur einen Becher.«

»Das macht nichts«, sagte Flora. »Ich muss immer an Liz denken. Sie war so glücklich auf dem Sommerfest. Weißt du, dass heute der Tag ist, an dem sie und Scotty heiraten wollten? Ich muss immer daran denken. Hast du Liz gesehen? Weißt du etwas von ihr?«

Hathaway schüttelte den Kopf. Die Farm der Wooldridges lag nicht auf seinem Weg. An Liz hatte er nicht gedacht. Immer nur an Scotty und an das Haar. Und an Dutch Henry und an die Axt, die in dem Hackklotz hinter dem Laden steckte.

Hathaway sah Flora Dell an und gleich wieder weg. Jetzt würde sie bestimmt nicht mehr mit Dutch Henry tanzen. Stumm reichte er ihr den Becher.

Ihre Hände berührten sich und beide verbargen ihr Vergnügen daran. Hathaway versuchte, sie von dem Gedanken an Scotty wegzulocken, und fragte sie, wo sie herkomme.

»Ich bin hier aufgewachsen«, sagte sie, »aber geboren bin ich in London.«

»Ahhh«, sagte Hathaway, »London!«

Hingerissen horchte er auf ihre Stimme, während sie erzählte, dass sie gerade ein Jahr alt war, als ihre Eltern auswanderten.

»Ich glaube, es war eine Flucht«, sagte sie.

»Eine Flucht?«

»Ich weiß es nicht genau, aber ich glaube, sie sind vor der Verwandtschaft meiner Mutter geflohen. Die hatten etwas gegen meinen Vater, weil er bloß der Sohn eines Dienstmädchens war. So sind sie in England. Das gibt es hier nicht. Klassenbewusstsein«, sagte Flora Dell voller Abscheu. »Dabei hat Vater damals noch nicht getrunken. Die sollten ihn jetzt mal sehen. Und du? Wo kommst du her?«

»Ich?«, fragte Hathaway. Er hatte keine Vorstellung, was das war, Klassenbewusstsein, es war ihm auch egal, er hätte einfach nur ihrer Stimme zuhören können, stundenlang. »Kalifornien. Bin irgendwo in der Nähe von Sutter's Fort auf die Welt gekommen, an irgend so einem Fluss. Vater kann sich nicht an den Namen erinnern. Sie sind so viel rum. Dann ist meine Mutter … Da war ich so klein, dass ich noch aufrecht unterm Gaul durchkonnte. Und deine Mutter war eine richtige Dame? Dann wundert mich ja nichts mehr.«

Flora Dell reichte ihm befremdet den Becher. »Wie meinst du das?«

»Na, weil du hier am Arsch der Welt Klavier spielst.« Hathaway merkte, dass er einen Fehler gemacht hatte, und versuchte ihn auszubügeln. »Ich sag ja nicht, dass es schlecht war.« Und weil sie ihn immer noch so merkwürdig ansah, fügte er hinzu: »Im Gegenteil.«

Sie lachte. Und fragte ihn nach dem Meer. Ob er das Meer gesehen habe. Sie wollte so gerne einmal das Meer sehen.

Hathaway erzählte ihr vom Meer, davon, wie sie einmal eine Zeit lang am Meer gelebt hatten, sein Vater und er. Das war lange her, er war damals noch ein kleiner Junge und hatte alles vergessen, aber daran, wie er nachts das Branden der Wellen gehört hatte, erinnerte er sich noch genau. Es klang, als ob ein Riese schnarcht, und manchmal war es auch nur, als ob er tief atmend ruhig schläft.

Das Feuer war erloschen, der Kaffee ausgetrunken. Flora Dell warf einen Blick zur Sonne und stand auf. »Ich muss gehen. Ich will noch bei Tageslicht nach Hause kommen.«

Hathaway behauptete, sie hätten den gleichen Weg, und bot ihr an, sie mitzunehmen.

15

Schneller als sonst zogen die Bäume am Wegrand vorbei. Das Gäulchen warf die Beine, ließ die Ohren spielen und wendete ab und zu den Kopf.

Hathaway Jones saß hoch aufgerichtet und trug die Hand mit dem Zügel wie eine Monstranz vor sich her. In seinem Rücken war Flora Dell, die Arme um seinen Leib geschlungen, die Hände auf seiner Brust.

Er hatte noch einen Brief für Jack Mahoney auszuliefern, dann würde er Flora Dell nach Hause bringen. Sie hatte versprochen, für ihn Klavier zu spielen, und danach würde er in der Scheune übernachten.

Es war nicht mehr weit bis zu Jack Mahoneys Hütte. Schon kam die Holzbrücke in Sicht, die über den Booze Creek führte. Der Booze Creek war ein Bach, der in einem tiefen Einschnitt zwischen zwei Bergrücken floss und unpassierbar wurde, wenn es geregnet hatte. Heute war er friedlich, ein murmelnder Bach, Sonnenflecken in den Wellen und auf der Brücke das dumpfe Trappeln der Hufe.

Als sie vor seiner Hütte ankamen, schenkte der Ire ihnen nicht die Beachtung, die Hathaway erwartet hatte. Er sah kaum auf.

Vor ihm stand ein Rehkitz, das er aus einer Whiskyflasche fütterte.

»Was ist denn das?«, fragte Hathaway ungerührt.

»Das ist Molly Malone«, antwortete der Ire mit Mutterstolz.

Hathaway holte den Brief aus der Posttasche.

Flora hockte sich zu Mahoney und dem Kitz. Aus einem Gummistück hatte der Ire einen Schnuller gebastelt, den er mit Draht an der Whiskyflasche befestigt hatte. Das Kitz hatte die Vorderhufe in den Boden gestemmt und nuckelte mit gerecktem Hals an dem Schnuller.

Mahoney nahm den Brief und legte ihn mit der linken Hand auf den Boden, während er mit der rechten liebevoll die Flasche hielt. Wenn Hathaway nicht mit allen Sinnen Flora Dell zugewandt gewesen wäre, hätte er sich sehr darüber gewundert, dass dies derselbe Mensch war, der Bob Fox angegeifert hatte wie ein hinterfotziger kleiner Köter.

Flora sagte: »Nachdem du es angefasst hast, wird seine Mutter es nicht mehr annehmen.«

»Es hat keine Mutter mehr«, erklärte Mahoney.

Er hatte das Kitz klagen gehört, eine ganze Nacht lang.

Am Morgen hatte er es unter der Brücke gefunden. Es lag im Farn und klagte, bis er es in die Arme nahm. Da wurde es still.

Flora Dell war aufgestanden, und während der Ire erzählte, zog Hathaway sich zu den Maultieren zurück und tippte sich, kaum dass Mahoney ausgeredet hatte, an den Hut.

»Also dann, Jack.« Und schon saß er wieder im Sattel und wartete auf Floras warmen Leib.

Es war heiß. Sein Hemd klebte am Rücken. Er brauchte ihren Leib nicht, um sich daran zu wärmen. Aber er wollte dieses wunderbare Gefühl wieder haben.

Es war, als ob sein Körper und ihr Körper ineinander übergingen. Er war nicht allein. Und er spürte ihre Brüste in seinem Rücken, die sich im Rhythmus der Pferdeschritte an ihn pressten und zurückzogen.

Ihre Arme um seinen Leib und ihre Hände auf seiner Brust gaben Hathaway das Gefühl, ihnen könnte nichts passieren. Zusammen waren sie stark. Er war kein Kämpfer. Aber für Flora Dell würde er kämpfen.

Wenn sie in Gefahr wäre, würde er ... Samps hatte ihm den Umgang mit dem Gewehr beigebracht. Es war schon eine Weile her, dass er sein erstes Reh geschossen hatte.

Noch als er mit ihrem Vater, der schon ziemlich betrunken war, an dem groben Tisch saß und Floras über die Tasten gleitende Hände beobachtete, sah Hathaway sich, wie er, zu allem entschlossen, das Gewehr im Anschlag, dastand, um Flora Dell zu verteidigen.

Die letzten Töne waren verklungen. Flora Dell drehte sich zu Hathaway Jones um.

»Gefällt es dir?«

»Kann man hören«, sagte Hathaway.

16

Am Morgen kam Hathaway an Burkes Hütte vorbei.

Er hatte noch den Geschmack des Kaffees auf der Zunge, den Flora für ihn gekocht hatte, und sah und hörte nichts. Die Liebe und das Glück hatten ihn taub und blind gemacht. Alles, was nicht mit *ihr* zusammenhing, interessierte ihn nicht.

Die Tür von Burkes Hütte war geschlossen. Hathaway bemerkte es im Vorbeireiten und vergaß es sofort wieder. Er spürte nicht einmal, dass ihn jemand beobachtete.

Unter einem Ahornbaum hockte Clarence Burke und beobachtete Hathaway Jones, wie er mit seinen Packtieren vorbeiritt. Er hielt die Flinte zwischen den Knien und sah schläfrig dem letzten Maultier nach, das mit staksigem Gang seinem Blickfeld entschwand.

Das Trappeln der Hufe verklang. Es war nur noch der Wind in den Bäumen zu hören. Ab und zu zwitscherten Vögel. Der Fluss rauschte. Ein Eichhörnchen flog einen Baum hoch, hielt inne und schaute den Mann an, der ganz entspannt dasaß.

Die Wut, die ihn seit Wochen nicht mehr hatte schlafen lassen, war von ihm abgefallen.

Er war nicht müde, nur wunderbar ruhig, im Reinen mit sich und der Welt. Zum ersten Mal, seitdem Meyer und Jennings angefangen hatten, ihn zu bestehlen, musste er nicht an sie denken, musste sie nicht mehr verfluchen, ihnen nicht mehr ohnmächtig die Pest an den Hals wünschen.

Er wartete auf sie, aber er dachte nicht an sie. Er dachte gar nichts.

Er schaute das Eichhörnchen an, das immer noch reglos an dem Baumstamm verharrte und ihn anschaute. In den Tieraugen war nicht zu lesen.

Als das Eichhörnchen plötzlich den Stamm hochkletterte und im Gezweig verschwand, wusste er, dass Meyer und Jennings gekommen waren.

Langsam wandte er den Blick und sah sie, wie sie sich vorsichtig auf seine Hütte zubewegten.

Clarence Burke hob die Flinte.

Seine Hand zitterte nicht. In aller Ruhe gab er kurz hintereinander zwei Schüsse ab, den ersten auf Meyer, den zweiten auf Jennings.

Meyer brach zusammen.

Jennings schrie auf und schleppte sich davon.

Clarence Burke blieb noch eine Weile sitzen wie jemand, der nach einer schweren Arbeit endlich verschnauft, dann ging er zu dem sterbenden Mann, nahm ihm den Revolver weg, setzte sich neben ihn und wartete.

17

Es war Abend, als Hathaway nach Hause kam.

Sein Vater saß vor der Tür und entschuppte einen Fisch.

Das Messer und die Fischschuppen blitzten in der Abendsonne.

Samps hörte auf zu schaben und fragte: »Wieder da?«

Hathaway wollte etwas sagen, aber der Vater hatte sich schon wieder seinem Fisch zugewandt. Hathaway sah auf den über den Fisch gebeugten Kopf mit dem schlohweißen Haar hinunter und sagte nichts.

Er sattelte die Maultiere ab, legte die schweißnassen Packtaschen in das schwindende Sonnenviereck vor der Hütte und stellte sein Gewehr in die Ecke neben der Tür.

Vögel sangen Abendlieder. Im Fluss sprangen die Fische.

Die Maultiere tranken lange. Hathaway schöpfte Wasser mit der hohlen Hand und spritzte es sich ins Gesicht. Dann brachte er die Maultiere auf die Weide, und während er am Gatter lehnte und ihnen beim Grasen zusah, roch er das Feuer, das sein Vater entzündet hatte, um den Fisch zu braten.

Die Hände voller Zwiebeln, kam Samps aus dem Gemüsegarten.

»Die Tomaten sind verfault«, sagte er. »Es hat zu viel geregnet.«

Vater und Sohn setzten sich ans Feuer und warteten darauf, dass der Fisch gar wurde.

»Brownie lahmt«, sagte Hathaway, als der Vater endlich den Fisch vom Rost nahm und in zwei Teile zerlegte. »Hat heute Nachmittag angefangen.«

»Hufgeschwür?«

»Sieht nicht so aus.«

Samps schälte eine Zwiebel.

»Abwarten«, sagte er, steckte das Messer in die Erde und biss in die Zwiebel, wobei er geschickt die wenigen Zähne nutzte, die ihm geblieben waren. »Zu viel Regen.«

Die Packtaschen lagen im Schatten. Das Feuer brannte nieder. Hathaway spuckte eine Gräte aus und trank Wasser nach. Zwielicht kam auf. Die Vögel hörten auf zu singen. Es wurde still. Nur das leise Platschen vom Fluss her, wenn ein Fisch sprang.

Samps stopfte seine Pfeife. Hathaway starrte in die Glut und versicherte seinen zahlreich erschienenen Zuhörern, dass der Mann, der durch den Regen ging, ohne nass zu werden, keinen Schirm hatte. Das war es ja, er brauchte keinen Schirm. Das Wasser perlte einfach so an ihm ab. Jemand fragte: Wie bei einem Fisch? Und Hathaway antwortete: Genau wie bei einem Fisch. Aber er war kein Fisch. Er war ein Mann. Es heißt, er ist aus Deutschland gekommen. Und hat gedacht, er wäre was Besonderes. Aber ein Fisch war er nicht. Die Leute nannten ihn Wotisdat. Also, Wotisdat läuft durch den Regen und wird nicht nass. Und dabei ist er kein Fisch, aber sehr eingebildet. Und schaut herunter auf die Leute, die durch den Regen gehen und nass werden. Wot is dat? Ihr werdet nass, wenn ihr durch den Regen geht? Seht mich an. Ich geh durch den Regen und bleib trocken. Und wenn es noch so schifft. Ich bleib trocken. So war der. Kein Fisch, aber hat gestunken wie ein alter, verwester Fisch. Grauenhaft, sage ich euch. Er konnte sich ja nicht waschen, der Wotisdat. Das Wasser ging nicht an ihn. Auch nicht, wenn er in den Fluss stieg. Widerlich, wie der gestunken hat. Keiner wollte ihm nahe kommen. Niemand wollte etwas mit ihm zu tun haben. Aber er merkte es nicht. Er war zu beschäftigt damit, durch den Regen zu gehen, ohne nass zu werden. Und wenn er doch mal was merkte, sagte er: Wot is dat? Ich kann durch den Regen gehen, ohne ihr wisst schon, was. Und wenn ihm einer über den Weg gelaufen ist, der aus dem Regen kam, mit tropfendem Hut und triefenden Kleidern und Regentränen im Gesicht, ja, da hat er triumphiert: Wot is dat? Du bist ja patschnass. Sieh mich an. Aber er war immer allein. Er hatte niemanden, mit dem er reden konnte.

Keiner hat ihm zugehört, und niemand wollte wissen, wie es ihm geht. Was hatte er davon, dass er durch den Regen laufen konnte? Gar nichts hatte er davon.

Samps klopfte seine Pfeife aus und stand auf. »Ich leg mich aufs Ohr.«

Sie streuten Erde über die Glut und Hathaway trug seine Packtaschen in die Hütte.

Er zog sich aus, hängte seine Sachen an den Nagel über dem Bett, obenauf den verbeulten Hut.

Der Hut an der Wand aus unbehauenen Baumstämmen, das war zu Hause.

18

Brownie lahmte nicht mehr und Hathaway war wieder auf dem Weg. Gegen Abend hatte er Holz gesammelt, ein Feuer gemacht und Wasser aufgesetzt.

Jetzt hockte er am Feuer und schaute in die Flammen. Es würde eine Weile dauern, bis das Wasser kochte.

Er hockte am Feuer, schob hin und wieder ein Stöckchen nach, schaute in die Flammen, schaute auf den Fluss, legte sich auf den Rücken.

Die Himmelsbläue zwischen den Blättern und noch etwas anderes, Dunkles, Rissiges, Verkrümmtes.

Hathaway betrachtete es lange, bis er sich plötzlich fragte, warum es da hing. Es gehörte nicht dorthin. Es war ein Schuh, ein alter Mokassin, den der Fluss von weiß Gott woher mitgeschleppt und den das letzte Hochwasser zwischen Himmel und Erde zurückgelassen hatte, mit nach Norden gewendeter Spitze, als wolle er jeden Augenblick den Fluss überschreiten und dann weiter, immer dem Meer zu, immer als Einzelgänger.

Hathaway betrachtete den in der Baumkrone hängenden Schuh und fragte sich, wo der zweite war, der andere Teil des Paares. Immer mit ihm zusammen, dafür gemacht, zu zweit aufzutreten. Vielleicht suchten sie einander. Bestimmt hatten sie sich viel zu erzählen … hatten viel erlebt, seitdem sie getrennt worden waren, hatten sich daran gewöhnt, alles miteinander zu teilen und sich auszutauschen über das, was ihnen geschah, auch wenn es nicht immer dasselbe war, der eine war in die Scheiße getreten, der andere nicht. Und gestritten haben sie sich und versöhnt, dachte Hathaway, und jetzt ist jeder allein und sehnt sich nach dem andern.

Der Wind fuhr in die Baumkrone, da war ein leichtes Schwanken, als ob der Schuh sich auf den Weg machen wollte, und Hathaway brauchte nicht darüber nachzudenken, wohin es ihn zog: nicht nach Norden, nicht dem Meer zu ... eine kleine Drehung, und schon war er auf dem richtigen Weg, über die Baumkronen weg, immer am Fluss entlang, schnell wie ein Vogel. Schon lag das Canyon unter ihm, die schroffen Felswände tauchten auf und verschwanden, die Thomas-Farm kam in Sicht, aus einem Fenster des Wohnhauses flatterte ein weißer Vorhang und drinnen spielte jemand Klavier.

19

Hathaway trieb sein Maultier an, so schnell wie möglich vorbei an Burkes Hütte. Burke war nicht zu Hause.

Hathaway sah aus den Augenwinkeln, dass die Tür geschlossen war. Als er weit genug weg war, drehte er sich noch einmal um. Die Hütte lag wie verlassen.

Brownie scheute und blieb stehen. Hathaway trat ihr in die Flanken. Sie rührte sich nicht.

Mitten auf dem Pfad lag eine Klapperschlange. Der Abend war ihre Zeit, da kamen sie hervor, um sich zu sonnen.

Hathaway stieg ab und warf einen Stein nach der Schlange, die so regungslos liegen blieb, als wäre sie tot. Aber Hathaway ließ sich nicht täuschen. Er warf einen zweiten Stein und dann einen dritten, der traf. Blitzschnell verschwand die Schlange zwischen den Felsbrocken am Pfad. Die Maultiere scheuten und stoben davon. Hathaway rannte hinterher und fand sie mit verhedderten Leinen am Flussufer. Er watete ins Wasser, um die heruntergefallenen Zügel zu greifen, als er etwas Unförmiges sah, das sich in den Wasserpflanzen verfangen hatte. Ein menschlicher Fuß ragte heraus.

Angewidert zog Hathaway die in Segeltuch eingewickelte Leiche von Roland Meyer aus dem Wasser.

20

Hathaway Jones hatte Flora Dell wochenlang nicht gesehen, als er endlich wieder auf der Türschwelle der Dells stand und dem Mädchen, an das er Tag und Nacht gedacht hatte, mit weit ausgestrecktem Arm zwei Briefe entgegenhielt.

»Ich hab da ein paar Briefchen.«

»Komm doch rein.«

Flora Dell nahm die Briefe und trug sie zum Tisch, ohne einen Blick darauf zu werfen. Hathaway spürte, wie seine Arme am Körper herumbaumelten, und hätte am liebsten auf dem Absatz kehrtgemacht, mit einem Sprung in den Sattel und auf und davon, obwohl sie ihre Freude, ihn zu sehen, offen zeigte.

»Komm rein. Was trinkst du?«

Hathaway nahm den Hut ab und tapste ins Zimmer.

»Egal.«

»Kaffee, Limonade? Vater hat auch Whisky da, wenn du willst …«

»Mir egal. Kein Whisky.«

»Kaffee oder Limonade?«

»Egal.«

Den Hut in der Hand, ließ Hathaway sich steif nieder.

»Dann mach ich einen Kaffee.«

»Meinetwegen«, sagte Hathaway und knallte den Hut auf den Tisch. Da saß er auf der Kante seines Stuhls und starrte in den Nieselregen hinaus, bis Flora Dells Vater, nicht mehr ganz sicher auf den Beinen, im Türrahmen auftauchte.

»Hathaway Jones! Gut, dich zu sehen.«

Flora kam mit zwei Kaffeebechern aus der Küche und warf einen Blick auf die verdreckten Schuhe ihres Vaters: »Papa!«

Jim Thomas brummte etwas vor sich hin, steuerte auf den Tisch zu und ließ sich auf einen Stuhl fallen.

»Wo hast du gesteckt, mein Junge?«

Flora stellte die Becher ab. »Möchtest du auch einen Kaffee, Vater?«

»Kaffee?« Jim Thomas schüttelte sich. »Ich brauche einen Whisky.«

Flora holte schweigend die Flasche.

»Scheißwetter. Was gibt es Neues, mein Junge?«

Hathaway lehnte sich im Stuhl zurück, streckte die Beine von sich und fing an zu erzählen, wie er Roland Meyers Leiche gefunden hatte. Mittlerweile hatte er das schon so oft erzählt, dass eine Geschichte daraus geworden war, die er munter und herzlos zum Besten gab. Vergessen das Entsetzen und wie er mit fliegenden Händen die Zügel entwirrt hatte. Weg, bloß weg hier und was mach ich jetzt? Das alles war wie nie gewesen. Hathaway Jones war ein Mann, den nichts so leicht umwerfen konnte, und Flora Dells Kaffee war süß, so süß.

Hathaway trank ein Schlückchen und beendete seine Geschichte mit einem gespielten Schmollen: »Immer ich.«

Jim klopfte ihm auf die Schulter. »Mach dir nichts draus. Du kommst eben rum. Keiner kommt so rum wie du.«

Hathaway nickte und schielte zu Flora Dell hinüber, und ihr Vater wiederholte nach Art der Trinker, die alles immer und immer wieder sagen müssen: »Du kommst rum. Am Rogue kommt keiner rum wie du.«

Flora stand auf, ging zur Truhe neben ihrem Bett und holte etwas heraus, das sie hinter ihrem Rücken versteckte.

»Hathaway, mach die Augen zu.«

Folgsam schloss Hathaway die Augen.

»Gib mir deine Hände.«

Er hielt ihr die Hände hin.

Sie legte etwas hinein.

Er öffnete die Augen. In seinen Händen lag ein Paar Mokassins aus Rehleder. »Für mich?«

Flora nickte. »Es sind meine ersten. Meisje hat mir gezeigt, wie es geht.«

»Und ich hab das Reh geschossen«, sagte Jim. »Los, zieh an.«

Hathaway streifte die Schuhe ab, die Samps für ihn gemacht hatte, und schlüpfte in die Mokassins.

»Passen sie?«, fragte Flora ängstlich.

Hathaway stand auf und machte ein paar Schritte. »Passen.«

Es war das erste Mal, dass eine Frau ihm etwas schenkte. Er wusste nicht, was er sagen sollte, setzte sich wieder hin, griff nach dem Hut, drehte die Krempe in der Hand und rettete sich endlich in die Fortsetzung seiner Geschichte. Wie Martin Jennings mit seinem verletzten Bein in Galice aufgetaucht war und behauptet hatte, Burke habe aus dem Hinterhalt auf ihn und seinen Partner geschossen.

»Sie hätten bloß mal bei ihm angeklopft, weil – sie wollten um ein Glas Wasser bitten.«

»Ein was?«, fragte Jim, der nicht mehr gut hörte und sich, eine Hand am Ohr, zu Hathaway hinüberbeugte.

»Ein Glas Wasser«, brüllte Hathaway in die weiß behaarte Ohrmuschel.

Der Alte richtete sich auf und sah Hathaway ungläubig an.

»Ein Glas Wasser?«

Hathaway nickte grinsend.

Flora fing an zu lachen.

Ihr Vater sah sie an, sah Hathaway an und begriff.

»Der Sheriff hat ihn gefragt: ›Und warum habt ihr nicht aus dem Bach getrunken?‹ Da hat er gesagt: ›Darauf sind wir gar nicht gekommen.‹«

21

Der Prozess gegen Clarence Burke fand in Grants Pass statt. Burke wurde freigesprochen.

An dem Tag, an dem er in seine Hütte am Whisky Creek zurückkehrte, kam Hathaway Jones mit einem Gegengeschenk zu Flora Dell.

Lange hatte er darüber nachgedacht, was er ihr schenken könnte. Mit ihren Mokassins an den Füßen war er von Galice bis Gold Beach und wieder zurück geritten, hatte sich nicht eine Geschichte, aber viele Geschenke ausgedacht und alle verworfen. Keines war gut genug für sie. Dann fand er am Jenny Creek einen jungen Schlankbären, den steckte er in sein Hemd und nahm ihn mit. Vielleicht weil er nicht ganz vergessen hatte, wie sehr er sich so ein Schlankbärchen gewünscht hatte, als er mit seinem Vater an den Rogue kam und das kleine braungelbe Tierchen mit den großen fragenden Augen bei irgendeinem Goldgräber sah, der es als Haustier hielt.

Es war ein Weibchen und lag still in Flora Dells Hand. Hathaway sah zu, wie sie es vorsichtig mit einem Finger streichelte, und wurde eifersüchtig.

»Heißt Jenny. Hab es am Jenny Creek gefunden.«

Er streckte die Hand aus, um das Schlankbärchen, das er so lange unter dem Hemd mit sich herumgetragen hatte, ein letztes Mal zu streicheln. »Brav sein, Jenny.«

Sie drückte das Tierchen an sich und hockte sich auf die

Türschwelle. Er wollte sich umdrehen und gehen. Sie sah zu ihm auf und bat ihn zu bleiben.

»Du kannst mit mir essen und in der Scheune übernachten.«

Hathaway sattelte die Maultiere ab und trug die Packtaschen in die Scheune. Jim Thomas war nirgends zu sehen.

»Er schläft«, sagte Flora, als Hathaway nach ihm fragte. Hathaway nickte und fragte nicht weiter.

Nachdem sie gegessen hatten, setzten sie sich vors Haus und spielten mit dem Schlankbärchen, bis Hathaway Jones plötzlich, ohne zu wissen, was er tat, Flora Dells Hand ergriff und seine Lippen darauf drückte.

Das Schlankbärchen in Floras Schoß sah mit seinen großen Augen, wie die beiden Köpfe sich zueinander neigten, und als sie sich endlich küssten, sprang es weg und fing an, den Boden nach etwas Essbarem abzusuchen.

Flora schlang die Arme um Hathaways Hals. Hathaway presste sie an sich und fuhr mit der Zunge über ihre Lippen, die feucht und süß waren wie ihr Kaffee. Es war, als hätte er immer schon gewusst, wie es geht, das Küssen, und keine Angst gehabt, alles falsch zu machen bei diesem ersten Kuss, den er sich viele Male ausgedacht hatte, abends vor dem Einschlafen unter dem nächtlichen Himmel, wenn irgendein unsichtbarer Schlangenbeschwörer mit seinem lautlosen Flötenspiel die schlafende Schlange hervorgelockt hatte und es ihm überlassen blieb, mit dem aufgeregten Reptil zu ringen.

22

Der Himmel war wolkenlos. Hathaway Jones und Flora Dell saßen zwischen den Steinen am Fluss. Er hatte den Arm um sie gelegt. Ihr Kopf ruhte an seiner Schulter. Vogelzwitschern, das eifrige und monotone Zirpen der Zikaden in den Bäumen und das Rauschen eines Wasserfalls weiter oben im Fluss. Nachtblaue Libellen tanzten in der Sonne, Wasserspinnen eilten über die fast glatte Wasseroberfläche.

In der Mitte des Flusses stand ein Forellenschwarm. Flora fing an zu zählen und gab es auf: »Es sind mindestens hundert.«

»Wir hatten einen milden Winter«, sagte Hathaway. »Dann gibt es viele Forellen.«

Flora hob den Kopf. »Ich habe Hunger. Schade, dass wir kein Angelzeug dabeihaben.«

Hathaway stand wortlos auf, krempelte die Hosenbeine hoch und watete ins Wasser, Schritt für Schritt, langsam und vorsichtig, um die Forellen nicht zu verscheuchen, bis er den Schwarm erreicht hatte. Behutsam ließ er eine Hand ins Wasser gleiten … es brauchte Zeit, viel Zeit, bis die Hand im Wasser war und er mit einem Finger den Bauch eines fetten Fischs erreichen konnte. – Die Zikaden zirpen, die Libellen tanzen, und Hathaway fängt an, den Bauch der Forelle zu kitzeln, ganz sanft mit der Fingerkuppe. Er weiß, sie wird es genießen und schläfrig werden, und als er denkt, dass er sie eingelullt hat, packt er blitzschnell zu.

Den zappelnden Fisch in der Hand, watete er langsam ans Ufer, und als er den Kopf auf einen Felsbrocken schlug, hatte sich der Schwarm schon wieder beruhigt.

Flora sammelte Holz und legte Steine zurecht, Hathaway ging noch einmal ins Wasser und kam bald darauf mit einem zweiten Fisch zurück. Mittlerweile brannte das Feuer schon.

Er entschuppte die Fische mit seinem Messer und briet sie über der Glut, alles mit geübten Bewegungen und doch wie zum ersten Mal: Zum ersten Mal, seitdem er die Tour von Galice nach Gold Beach machte, war er nicht allein, musste nicht alles alleine machen und den Fisch nicht alleine essen. Flora Dell war da, mit verrutschtem Kopftuch und honigfarbenen Augen.

Sie sahen sich an und lachten und leckten sich die verschmierten Finger ab.

»Siehst du den Felsen da oben bei den Schnellen?« Hathaway deutete auf einen von der Gischt des Wasserfalls umsprühten Felsen weiter oben im Fluss.

Flora nickte und ließ den Kopf wieder an seine Schulter sinken.

»Die Rothäute nennen sie Mermaid Riffle«, sagte Hathaway. »Weil – wenn einer von denen sich in ein Mädchen verknallt hatte, musste er mitten im Winter durch den Rogue schwimmen. Komische Bräuche hatten sie, die Rothäute.«

Flora Dell runzelte die Stirn, Hathaway Jones bemerkte es nicht.

»*Er* musste *ihr* beweisen, dass es ihm ernst war. Mitten im

Winter. Wenn einem alles abfriert und die Schnellen verflucht gefährlich sind. So waren sie, die Rothäute.«

Flora Dell nahm den Kopf von seiner Schulter und machte den Mund auf, um etwas zu sagen, aber Hathaway Jones sah und hörte nichts, wenn er eine Geschichte erzählte, und Flora machte den Mund wieder zu.

»Einmal ist einer dabei abgesoffen und das Mädchen … also, dem Mädchen hat es keine Ruhe gelassen. Eines Tages ist sie zu dem Felsen rüber und hat sich draufgesetzt und gesungen. So Rothautlieder. Und von da an hat sie das immer gemacht, immer in der Abenddämmerung. Weiß auch nicht, was sie sich dabei gedacht hat. Womöglich hat sie gemeint, sie kann ihn mit ihren Liedern – ich will mal sagen: zurücksingen. Die haben ja so krauses Zeug im Kopf, die Rothäute.«

Flora sah ihn wütend an. Hathaway merkte es nicht, rülpste herzhaft und stürzte sich in das traurige Ende seiner Legende: wie das Mädchen so verführerisch sang, dass alle Angler, die sie hörten, augenblicklich ins Wasser sprangen, um zu ihr hinüberzuschwimmen. »Was soll ich dir sagen … die sind alle abgesoffen. Alte Rothautlegende.«

Endlich merkte Hathaway, dass etwas nicht in Ordnung war. Er versuchte, Flora an sich zu ziehen.

»Was ist denn los?«

Flora schüttelte seinen Arm ab. »Was los ist? Ich mag es nicht, wie du über die Indianer redest.«

»Alle reden so.«

»Das ist noch lange kein Grund, dass du auch so redest.«

Und schon war der erste Streit in vollem Gange. Er zog

sich gekränkt in sich selbst zurück, sie zupfte aufgebracht an ihrem Kopftuch. »Außerdem ist das keine Indianerlegende. Das ist eine alte Geschichte aus Europa. Ich kenne sie von meiner Mutter. Das Mädchen hieß Loreley und sie hatte lange, blonde Haare.«

Hathaway sah mit verkniffenem Mund vor sich hin und sagte kein Wort.

Flora versuchte einzulenken. »Aber ich kenne diese Geschichte wirklich. Meine Mutter hat mir erzählt, dass sie vom Rhein kommt, das ist ein Fluss in Deutschland, viel größer als der Rogue.«

»Bockmist«, sagte Hathaway und spuckte aus. Flora verzog das Gesicht. Hathaway starrte auf das Wasser, über dem noch immer die Libellen tanzten. Auch zirpten die Zikaden und der Wasserfall rauschte wie vorher, aber Hathaway hörte das alles nur aus weiter Ferne. Er saß in sich selber drin wie in einer Festung und kam nicht von dem Gedanken los, dass ihre Mutter eine Dame gewesen und sie selber auch eine Dame war. Sie passte nicht an den Rogue mit ihrem Klavier und allem. Nichts für ihn, er hatte es ja gleich gewusst.

Er ergriff einen Stein und warf ihn in den Fluss, und dann noch einen und noch einen, wollte nicht hören, was Flora Dell zu sagen hatte: dass die Geschichte wahrscheinlich übers Meer gereist war und jemand sie mitgebracht und jemand anders sie weitererzählt hatte. »Und dann ist sie von Mund zu Mund gegangen und hat sich jedes Mal ein bisschen verändert.«

Sie redete und redete, und er schwieg und warf Steine in

den Fluss, und als sie endlich aufgab und ebenfalls schwieg, sagte er: »Alles Bockmist. Ist eine Rothautgeschichte von den Nixenschnellen.«

Jetzt wurde Flora wieder wütend. »Nixenschnellen! Nixenschnellen! Woher willst du wissen, dass die Indianer sie so genannt haben? Vielleicht gab es bei ihnen gar keine Nixen. Was weißt du überhaupt von ihnen? Weißt du, wie der Rogue in ihrer Sprache hieß? Und Annie und Meisje? Wie die ursprünglich hießen? Es ist erst fünfzig Jahre her, dass sie ins Reservat gesteckt wurden, und schon haben Menschen und Pflanzen und Orte ihre alten Namen verloren. Jetzt will ich dir mal eine Geschichte erzählen. Keine Legende.«

Hathaway hielt einen Stein in der Hand, warf ihn aber nicht, sondern fing an, widerstrebend zuzuhören.

»Du weißt, dass Meisje meine Freundin ist. Weißt du auch, dass ihr Großvater der berühmte Häuptling John war? Der hieß natürlich auch nicht John. So haben die Weißen ihn genannt, weil er ja bloß ein Wilder war, den man erst in die Gemeinschaft der Menschen aufnehmen musste. Und Meisje heißt nur so, weil der Holländer sie so genannt hat. Meisje ist nicht einmal ein Name, es bedeutet einfach *Mädchen.* Ihr indianischer Name ist *Schwarzes Feuer.* Dutch Henry hat ihr ihren Namen genommen, als er sie aus dem Reservat geholt hat. Da war sie dreizehn und hatte niemanden mehr. Ihre Mutter war gestorben, ihren Vater hat sie nicht gekannt. Er war ein Weißer. Sie hat in einem christlichen Waisenhaus für indianische Kinder gelebt. Da sollte sie lernen, Jesus zu lieben und ein ›nützliches Leben‹ zu führen. Dutch Henry war ins Reservat gekommen, um den Indianern Alkohol zu verkaufen, aber das wusste sie damals nicht. Er war scheißfreundlich zu ihr und hat ihr Sachen gesagt, die sie noch nie gehört hat – dein Haar ist wie eine Rabenfeder und so. Und sie ist drauf reingefallen. Bisher kannte sie nur die Männer im Reservat und die haben gesoffen und gespielt. Und da kommt Dutch Henry, er könnte ihr Vater sein, fast schon ihr Großvater, und redet so geschwollen daher. Sie hat gedacht, er ist ein großer Herr.«

»Der Schleimscheißer«, sagte Hathaway und warf den Stein ins Wasser, den er die ganze Zeit über in der Hand gehalten hatte.

»Sie hat ihm geglaubt und ist mitgegangen. Gleich in der ersten Nacht hat er sie vergewaltigt und sie hat stillgehalten. Sie dachte, das müsste so sein. Und sie wollte nicht in das Waisenhaus zurück. Und sie wollte den Fluss sehen, von dem sie so viel gehört hatte. Auch darum ist sie mitgegangen. Ich kann sie gut verstehen«, sagte Flora leise. »Meine Mutter hat immer von London geredet und ich …«

Sie schwieg. Hathaway nahm ihre Hand und hielt sie fest.

Die Libellen waren verschwunden. Der Fluss lag jetzt im Schatten.

»Chief John hat noch gelebt, als Meisje geboren wurde, aber sie kann sich nicht an ihn erinnern. Sie weiß nur noch, wie seine Hütte verbrannt wurde nach seinem Tod. Seine Kleider wurden zerrissen und alles, was ihm gehört hatte, zerstört. So war es Brauch … Er hatte einen weißen Ziegenbart und gute Augen. Und hat auch im Reservat seine Würde bewahrt. Meisje sagt, dass sie heute noch erzählen, wie er im Krieg zu Waffenstillstandsverhandlungen nach Fort Lamerich gekommen ist. Alle Häuptlinge waren bereit aufzugeben, nur er nicht. Und hat sich an den Kommandierenden gewendet und gesagt: ›Du bist ein großer Häuptling. Ich bin auch ein großer Häuptling. Dies ist mein Land. Ich habe hier gelebt, als diese großen Bäume noch klein waren und mir nur bis zum Kopf reichten. Mein Herz ist krank vom Kämpfen, aber ich will in meinem Land leben. Wenn der weiße Mann einverstanden ist, gehe ich zurück zum Deer Creek und lebe da wie vorher. Die Weißen können mein Lager besuchen und ich besuche ihres, aber ich werde die Waffen nicht niederlegen, um euch in das Reservat zu folgen. Ich werde kämpfen!‹ Alle anderen Häuptlinge kapitulierten. Er nicht. Aber er hatte nur fünfunddreißig Krieger. Fünfunddreißig schlecht ausgerüstete Krieger gegen tausend Regierungssoldaten. Es dauerte nicht lange und er musste sich geschlagen geben.«

Es war ein starker Wind aufgekommen, der in den Bäumen rauschte und die Wasseroberfläche riffelte.

»Das war ein Mann!«, sagte Hathaway und Flora Dell kuschelte sich an ihn. Er hätte sie gern geküsst, aber er dachte an die Pferde und daran, dass der Wind sie unruhig machen würde.

»Komm, wir sehen nach den Gäulen.«

Sie erstickten die Glut ihres Feuers mit Erde. Der Wind blähte Floras Rock und riss Hathaway den Hut vom Kopf, als sie den Pfad hochgingen.

Hathaway hörte einen schrillen Ton, vielleicht nur das

Pfeifen des Windes, vielleicht aber auch ein Wiehern. Er nahm Flora bei der Hand und eilte zu der Lichtung. Die Kronen der Bäume schwankten, und plötzlich lag etwas wie Herbst in der Luft, eine feuchte Kühle und hier und da schon ein wenig Gelb. Welke Blätter trudelten auf die Wiese, auf der Hathaways Brownie gleichmütig graste. Floras Stute Chelsea aber, von den Fußfesseln behindert, hoppelte auf den Waldrand zu.

Zwischen den Bäumen stand ein atemberaubend schöner Schimmel. Der stolz gereckte Schweif flatterte im Wind, er schüttelte ungeduldig die Mähne und stampfte mit den Hufen.

»Der weiße Hengst«, flüsterte Flora.

Der Wind stand so, dass er sie nicht wittern konnte. Erst als Flora auf einen toten Zweig trat, hob er den Kopf, machte auf der Hinterhand kehrt und galoppierte davon.

»Wenn dein Gaul keine Fußfesseln gehabt hätte«, sagte Hathaway, »wärst du ihn jetzt los.«

Flora ging zu ihrer Stute, die mit gespitzten Ohren sehnsüchtig in den Wald schaute. Sie klopfte ihr den Hals, strich über die Kruppe und entdeckte eine Bisswunde an der Flanke.

»Er hat sie gezwickt.«

Hathaway grinste.

23

Hathaway Jones lag auf seinem gewohnten Platz in der Scheune. Sein Hut hing an dem gewohnten Nagel. Er konnte ihn nicht sehen, aber er wusste, wo er war, und hätte ihn auch im Dunkeln greifen können. Er war heimisch geworden in der Scheune der Thomas-Farm.

Draußen toste der Wind, ein gleichmäßiges Rauschen, das auch von einem Wasserfall hätte sein können, wäre da nicht das Klappern des Scheunentors gewesen. Er nahm sich vor, das Tor zu reparieren, bevor er sich wieder auf den Weg machte.

Ein Windstoß fuhr durch die Ritzen zwischen den unbehauenen Baumstämmen und strich ihm über die Wangen. Es war wie die Berührung einer körperlosen Hand, die ganz sanft über seine Haut fuhr, dieselbe Hand, die herrisch am Scheunentor rüttelte.

Halb schlafend, halb wachend, hatte er das Gefühl, da draußen wäre etwas Lebendiges, ein Wesen, das keinen Namen hatte und niemandem gehorchte, unzähmbar wie der weiße Hengst.

Es war das erste Mal, dass Hathaway ihn mit eigenen Augen gesehen hatte. Gehört hatte er schon von ihm, als er mit seinem Vater an den Rogue gekommen war. Mittlerweile war er berüchtigt unter den Farmern am Fluss. Immer mal wieder kam er aus den Bergen und lockte ihnen eine Stute weg.

Hathaways Brust hob und senkte sich wie die eines Menschen, der tief schläft. Aber er schlief nicht. Das Windwesen draußen hinderte ihn am Einschlafen; da war eine Unruhe, die sich auf ihn übertrug und ihn in einem Zwischenreich festhielt, in dem er sowohl hellwach war als auch wie ein Träumer in vergangene Zeiten blickte.

Mit offenen Augen lag er da und starrte auf seinen Hut, dessen Umrisse jetzt im fahlen Licht der durch die Ritzen dringenden Mondstrahlen erkennbar waren. Durch den Hut hindurch sah er die Pferde, die die spanischen Eroberer vor Jahrhunderten in den Bäuchen ihrer Schiffe mitgebracht hatten. Sie waren dazu erzogen, das Zaumzeug im Maul und den Reiter auf dem Rücken zu tragen. Und dann musste es eines gegeben haben, das unruhig wurde, etwas anderes wollte. Eines und noch eines. Es trieb sie weg von den Menschen in die Wildnis, wo es keine Ställe gab und nicht immer zu fressen. Sie vermehrten sich und verbreiteten sich über den ganzen Kontinent, Herden wild lebender Pferde: Mustangs, von denen erst die Indianer welche einfingen, um sie zu zähmen und zu reiten, und später die Pioniere. Und jetzt holte der weiße Hengst ihre Nachkommen zurück in die Wildnis. Manche folgten ihm, als hätten sie nur darauf gewartet, dass einer kam und sie holte, andere fürchteten die Freiheit. Was weiß man, was so einem Gaul im Kopf herumgeht, dachte Hathaway, plötzlich wieder ganz wach … warum die eine folgt, die andere nicht. Vor kurzem hatte Black eine, die übel zugerichtet worden war von den Hufen des weißen Teufels, auf der Weide erschießen müssen.

Der Wind rüttelte wie rasend am Tor, und Hathaway nahm das Bild des wütenden Hengstes mit in den Schlaf, sah ihn, wie er sich umdrehte und auskeilte und mit gezielten Hufschlägen zu töten suchte, was sich seinem Willen widersetzte, und sich dann, da niemand mehr zu beeindrucken war, mit hängendem Schweif, die kreuz und quer verlaufenden Wildwechsel nutzend, auf den Rückweg zu seiner Herde machte.

24

Altweibersommer.

Die Tage wurden kürzer, die Blätter verfärbten sich.

Jack Mahoney hatte bis zur Dämmerung geschuftet und strebte mit Hacke und Schaufel über der Schulter und der Pfanne unter dem Arm seiner Hütte zu. Er war müde und hungrig.

Mahoney ging mit gesenktem Kopf. Der Tag war ein Fehlschlag gewesen. Molly Malone kam ihm nicht wie sonst entgegen. Er hob den Kopf und hielt Ausschau nach seinem Reh. Es war nirgends zu sehen.

Etwas lag vor der Tür seiner Hütte. Er blieb einen Moment stehen und strengte die Augen an.

Es war Molly Malone.

Er ließ alles fallen und stürzte zu ihr hin.

Das Reh atmete noch und sah ihn an. Jemand hatte ihm die Kehle durchgeschnitten.

Weinend hockte Jack Mahoney vor seiner Hütte, das sterbende Reh im Arm. Als es tot war, wischte er den Rotz mit dem Hemdsärmel ab, holte die Schaufel und begrub es.

Ohne einen Augenblick daran zu zweifeln, wer das gewesen war, machte sich Jack Mahoney noch in der Nacht auf den Weg.

Als er die Brücke über dem Booze Creek überquerte, ging der Mond auf.

Die Thomas-Farm lag im Dunkeln unter einem Himmel, an dem einzelne Sterne blinkten.

Kurz bevor er das Canyon erreichte, kam der Mond wieder hinter den Wolken hervor. Nackt, grau und zerklüftet lagen die Felswände in seinem fahlen Licht. Unten gurgelte leise der Fluss.

In dem verbrannten Wald standen die Baumleichen anklagend gegen den nächtlichen Himmel. Der Aschegeruch erinnerte Mahoney daran, wie sie das Feuer bekämpft hatten, er und Bob Fox, Seite an Seite. Damals war Dollie Billings noch ein Kind gewesen und er hatte Fox ganz für sich allein …

Vor Burkes Hütte verließ ihn plötzlich die Kraft. Ein Käuzchen schrie und aus der Hütte drang lautes Schnarchen. Schon lag ein blauer Schimmer in der Luft.

Mahoney verkroch sich am Whisky Creek und schlief sofort ein, die Flinte fest im Arm.

Die Sonne stand schon hoch am Himmel, als er sich an Dutch Henrys Laden vorbeischlich.

Gegen Abend erreichte er den Lost Creek und schaute auf Bob Fox' Hütte hinunter, die sich zwischen steigenden Bergrücken unter mächtigen Bäumen duckte.

Fox saß vor seinem Angelzeug, als Jack Mahoney die Tür aufstieß.

Er hatte noch Zeit aufzustehen, bevor Mahoney ihn niederschoss.

25

An Stair Creek Falls kamen Jack Mahoney die ersten Zweifel.

Er war die ganze Nacht gelaufen und saß mit dem Rücken an einen Felsen gelehnt.

Am Himmel verblassten die Sterne. Es war totenstill. Kein Geräusch außer dem beständigen Tosen des Wasserfalls.

Mahoney schloss die Augen. Sofort sah er Fox, wie er sich langsam aufrichtete. Die hünenhafte Gestalt schien die ganze Hütte auszufüllen.

Mahoneys Füße schmerzten. Er hatte Hunger. Er war müde und wollte schlafen …

Aus dem Nichts tauchte der Zweifel auf. Wenn Fox es nicht gewesen war?

Mahoney riss die Augen auf und ruckte mit dem Kopf, als ob ihm der Kragen zu eng wäre. Er stand auf, suchte sich einen Platz zwischen den Felsen und schlief ein.

Im Schlaf wurde der Zweifel zur Gewissheit. Fox war es nicht, konnte es nicht gewesen sein.

Er wachte auf, weil die Sonne ihn stach. Hörte Hufetrappeln, spähte hinter dem Felsen hervor. Hathaway Jones zog mit seinen Packtieren vorüber.

Nachdem das Hufetrappeln verklungen war, kroch Mahoney in den Schatten und verschlief den Rest des Tages, ohne jemals ganz den verständnislosen Blick zu vergessen, mit dem Bob Fox ihn angestarrt hatte, während er zusammenbrach.

Hinter seinem Felsen hockend, wartete er die Dämmerung ab. Der Hals ruckte und er merkte es nicht.

Als es dunkel war, ging er weiter, immer flussabwärts, seiner Hütte zu. Fand Brombeerbüsche, schlug sich den Bauch voll.

Solange er aß, war alles gut. Die Flinte hatte er an einen Baumstamm gelehnt. Alles war gut. Die Beeren dick und süß. Salmonberries. In Irland gab es so etwas nicht. Er ging weiter und dachte an seine Mutter. Irgendwann merkte er, dass er die Flinte nicht mehr hatte.

Er kehrte um und musste eine Weile suchen, bis er sie an dem Baumstamm fand, an dem er sie zurückgelassen hatte. Solange er suchte, vergaß er, was er getan hatte. Alle Sinne nur darauf gerichtet, die unentbehrliche Flinte wiederzufinden. Schluchzend tastete er an den Baumstämmen herum. Kaum hatte er die Flinte in der Hand, fiel ihm alles wieder ein. Er fragte sich nicht mehr, wer es getan hatte, wenn es Bob Fox nicht gewesen war. Es war so lange her, dass er das Reh gefunden hatte. Auch konnte er sich nicht mehr daran erinnern, warum er Fox so gehasst hatte. Das alles war wie in einem anderen Leben. In diesem war nur die Reue. Mahoney leckte sich die Lippen und fing an, laut zu beten. Heilige Mutter Gottes, bitte für mich. Er stolperte und fiel hin, rappelte sich wieder auf. Wusste plötzlich nicht mehr, wo er war. Kein Mond. Beten und Lippenlecken. Heilige Mutter Gottes, mach, dass Fox es doch war.

Schweigen. Auf einmal fürchtete er sich vor allem.

Vor dem Rascheln im Herbstlaub. Vor dem Schrei eines Nachtvogels. Eine Gruppe Rehe erschreckte ihn zu Tode.

Er kam viel langsamer voran als auf dem Hinweg. Er wollte zu seiner Hütte wie ein Tier zu seinem Bau, aber ihm war schon klar, dass er da nicht bleiben konnte.

Erstes Morgengrauen.

Der Wald stand dunkel gegen den sich aufhellenden Himmel.

Jack Mahoney verkroch sich unter einem Weidenbusch. Im Halbschlaf hörte er ein Summen. Die Madonna sang ihr Kind in den Schlaf. Doch es klang böse. Er öffnete die Augen und sah das Wespennest. Rutschte rückwärts auf dem Hintern. Nicht, weil er die Wespen fürchtete. Das Nest sah aus wie der Henker, der sich für die Hinrichtung vermummt hatte.

Mahoney riss sich die Kleider vom Leib und stieg in den dunklen Fluss.

Das Wasser war so kalt, dass er augenblicklich zu sich kam. Er beschloss, seine Hütte zu meiden. Möglich, dass sie dort schon auf ihn warteten. Während er sich wieder anzog, wurde ihm klar, dass er nie mehr in seine Hütte zurückkonnte.

Auf einer Wiese in der Nähe der Billings-Ranch standen Kühe in der Abenddämmerung.

Sie hoben die Köpfe und glotzten anklagend.

Mahoney machte einen großen Bogen. Einer nach dem andern senkten sich die Köpfe der Kühe.

Der Pfad führte wieder durch Wald. Zwischen den Baumstämmen war es schon fast dunkel.

Am gegenüberliegenden Ufer tappte ein Bär entlang, offenbar auf der Suche nach einer Stelle, die nicht zu tief und nicht zu reißend war.

Der Bär watete ins Wasser.

Mahoney hatte keinen Zweifel daran, dass er hinter ihm her war, um ihn zu strafen. Er hob die Flinte, dachte daran, dass sie den Schuss auf der Billings-Ranch hören würden, und ließ die Flinte wieder sinken. Zu der Ranch war er gekommen, weil er gehofft hatte, in Annies Laden etwas Essbares stehlen zu können.

Aber es war noch zu früh.

Er spähte durchs Fenster und sah Annie Billings, die mit tastenden Händen eine Lampe anzündete. Der Goldprospektor aus Galice hatte den Arm um Dollie gelegt und zog sie an sich, um sie zu küssen.

Mahoney beobachtete, wie Jimmy Coe sich anschlich und dem Goldprospektor ein Säckchen aus der Tasche zog. Wahrscheinlich war es mit Goldstaub gefüllt, und Mahoney dachte schon, er könnte es Jimmy später abnehmen, aber der Goldprospektor hatte etwas gemerkt und drehte sich um.

Mahoney duckte sich schnell und hörte die dröhnende Stimme des Goldprospektors, gutmütig wie zu einem Hund, der Herrchen seine Beute überlassen soll: »Gib's wieder her, Jimmy.«

Und dann Jimmys keifende Stimme: »Meins … von wegen gib's her … Arsch offen … das ist mir!«

Mahoney lugte wieder vorsichtig durchs Fenster und sah, wie der Goldprospektor ein paar Schritte auf Jimmy zumachte. Jimmy hob das Gewehr.

»Ihr Schweine, das gehört mir … könnte euch so passen … nicht mit mir … wolln wir doch mal sehn.«

Das Gewehr ging nicht los, und Jimmy machte, dass er zur Tür herauskam.

Draußen stieß er auf Mahoney, der den Finger auf die Lippen legte, sich umdrehte und weglief.

Mahoney hatte seinen Hunger vergessen und marschierte wieder fast so schnell und sicher durch die Dunkelheit wie schon einmal auf dem Weg zu Bob Fox' Hütte. Diesmal nicht, um sich zu rächen, sondern um ungeschehen zu machen, was er getan hatte.

Die Nacht war sternenklar. In der Nähe von Dutch Henrys Laden glaubte er einen Schuss zu hören, weit weg …

Als er die Tür von Bob Fox' Hütte aufriss, sah er sofort, dass er zu spät gekommen war.

Die Leiche des Hünen war noch warm, die Hand hielt noch immer den Revolver, mit dem er in die Decke geschossen hatte, um Hilfe herbeizuholen. Das Angelzeug lag auf dem Boden.

26

Das für den Winter eingelagerte Heu ließ gerade genug Platz für die lange Tafel. An deren Kopfende saß, würdevoll wie immer, George Billings.

Die Bibel, aus der er vor der Beerdigung gelesen hatte, lag aufgeschlagen auf dem blauen Samtschemel. Im Zwielicht der Scheune erinnerte das Hirschgeweih, auf dem er ruhte, an eine krummbeinige Spinne. In trunkener Eintracht waren Jim und Samps dicht zusammengerückt. »So eine schöne Leich hat nicht jeder«, sagte Jim, zufrieden vor sich hin mümmelnd.

Samps nickte. »Haben ihn unter die Erde gebracht, wie es sich gehört.«

»Anständig von George«, nuschelte Jim. »Fox war ja kein Verwandter von ihm.«

»Wetten, dass Annie dahinter steckt?« Samps sah mit schon leicht glasigen Augen zu George Billings hinüber und senkte die Stimme. »Ich weiß, wie die Rothäute denken. Die will dem Fox seinen Geist – ich will mal sagen: beschwichtigen, damit er Dollie in Ruhe lässt. Glaub mir, ich weiß, wie die denken.«

Jim hielt die Hand an die Ohrmuschel. »Was denken?«

Samps winkte ab. »Vergiss es.«

Jim führte mit zittrigen Händen den Becher zum Mund und leerte ihn in einem Zug. »Es heißt, er hat Tage gebraucht, bis er verreckt ist. Die Decke war voller Löcher –

hat seine ganze Munition verschossen, der arme Teufel. Na ja, braucht sie ja nicht mehr … Dass auch immer dein Sohn die Leichen finden muss.«

»Er kommt eben rum.«

»Das sag ich auch immer. Er kommt rum. Keiner kommt so rum wie er.«

Samps warf einen gleichgültigen Blick zu seinem Sohn hinüber, der neben Flora Dell saß und mit einem Bärenknochen in der Hand gestikulierte.

»Ist ein guter Junge … Aber das hätte ich ihm nicht zugetraut.«

»Was? Meinem Sohn?«

»Nicht deinem Sohn!« Jim sah seinen alten Kumpel empört an … dass der ihn so missverstehen konnte! »Dem kleinen Hinterfotz!«

»Dem irischen?«

»Wem sonst?«

»Was zugetraut?«, fragte Samps mit schwerer Zunge, runzelte angestrengt die Stirn und leerte seinen Becher. »Ahhh! Dass der seinen ach so bewunderten Freund mal abknallen würde, wo er ihm doch wie ein Hündchen gefolgt ist.«

»Nein, dass er sich selber …«, lallte Jim und bohrte sich seinen Zeigefinger in die Stirn.

»Das Beste, was er tun konnte – sich selber richten.«

»Der war doch katholisch.«

»Na und?«

»Die dürfen das doch nicht.«

27

An Horseshoe Bend, wo der Fluss eine Biegung macht, die wie ein Hufeisen aussieht, schrieb Hathaway Jones *ihren* Namen in den Sand.

Poststellen-Billy hatte ihm gezeigt, wie es geht. Er übte jeden Abend mit Stöckchen oder Steinchen, je nachdem, wo er gerade war. Und am Morgen vergaß er nie, den Namen wieder auszulöschen, immer als Letztes, bevor er sich in den Sattel schwang. Aber in der Nacht war es gut zu wissen, dass ihr Name da war. So hatte er das Gefühl, *sie* war da. Und schlief tief und ruhig.

Im Morgengrauen wachte er auf, weil jemand ihm die Decke weggezogen hatte. Er sah sie davonfliegen, war mit einem Satz auf den Beinen, grabschte nach ihr, erwischte einen Zipfel.

Ein Sturm war aufgekommen.

Das Feuer war wieder aufgelodert. Der Wind presste die Flammen zur Seite.

Hathaway bedeckte sie mit Sand und trampelte darauf herum. Er spürte die Kraft des Windes im Rücken und sah sich nach den Maultieren um.

Sandschwaden fegten über die kleine Bucht, Sandkörner prasselten ihm ins Gesicht. Wie durch einen Nebel sah Hathaway die heftig schwankenden Baumkronen.

Die Maultiere standen mit gesenkten Köpfen.

Als Hathaway die Packtaschen auflegte, flog das abgerissene Wespennest an ihm vorbei.

Er führte die Maultiere in den Wald und wartete darauf, dass der Sturm sich legte.

28

Die letzte Tour vor dem Winter. Im Dauerregen über verschlammte Pfade. Die Maultiere schwer bepackt: Kartoffel- und Mehlsäcke, Werkzeug, Kaffee, Zucker, Salz. Alle hatten Salz bestellt, seitdem der vorletzte Winter so lang und so hart gewesen war, dass Salz mit Gold aufgewogen werden musste.

Als Hathaway Jones durchnässt und frierend nach Hause kam, war auch sein Vater mit Wintervorbereitungen beschäftigt. Er hatte den Schlitten aus dem Schuppen geholt und neben der Tür der Hütte lehnten die Skier.

»Wieder da?«

Hathaway murmelte einen Gruß und ließ sich aus dem Sattel gleiten.

Samps warf einen Blick zum Himmel. »Geht gleich los. Scheiße.«

Er brachte den Schlitten und die Skier in den Schuppen zurück. Hathaway ließ die Maultiere saufen und führte sie dann in den Stall, zum ersten Mal in diesem Jahr. Er rieb die schweißnassen Rücken mit Stroh ab und holte Heu.

Die ersten Tropfen fielen.

Hathaway brachte Packtaschen, Sattel und Zaumzeug zum Trocknen in die Hütte. Das Leder war klamm und storr.

Halbdunkel in der Hütte. Hathaway hängte den durchweichten Hut an den Nagel. An das winzige Fenster trommelte der Regen. Im Ofen bullerte das Feuer. Hathaway zog die nassen Kleider aus.

Der Geruch des Feuers mischte sich mit dem des Leders. Später kam Fisch und noch später Samps Pfeife hinzu.

Hathaway lag auf seinem Bett und horchte auf das Schnarchen seines Vaters. Am Fluss heulte ein Kojote. Hathaway schloss die Augen und warf einen Blick in die Runde. Zahlreich waren die Zuhörer erschienen und Hathaway begann:

In Portland treibt sich einer rum … weiß nicht, wie er heißt. Sie nennen ihn den Mann mit dem aufsässigen Arm. Ihr werdet es nicht glauben, doch hat es sich genau so zugetragen! Also, eines Morgens wacht der Mann davon auf, dass ihm jemand die Kehle zudrückt. Es ist aber niemand da. Nur er ist im Zimmer. Seine eigene Hand ist ihm an die Gurgel gegangen – mit eisernem Griff, sage ich euch. Er kann sie gerade noch mit der andern wegreißen, sonst hätte sie ihn erwürgt. Das eine war die linke, das andere die rechte.

Jetzt hat er auch noch Schiss vor der Nacht! Als ob er am Tag nicht schon genug auszustehen hätte. Immer muss er darauf gefasst sein, dass der nichtsnutzige Arm irgendetwas anstellt. Schnappt einem Goldgräber die Whiskyflasche weg. Fragt der Goldgräber: Willst du eine rein oder was? Sagt der Mann mit dem aufsässigen Arm: Nein, nein, das war ich nicht, das war mein Arm. Fragt der Goldgräber: Willst du mich verscheißern oder was? Gib die Flasche her, sonst … Stellt euch mal vor, wie die rechte Hand von dem Mann der linken die Flasche wegzunehmen versucht.

Hathaway lachte mit geschlossenen Augen in der nach Fisch und nassen Sachen stinkenden Hütte, während sein Vater laut schnarchte und der Regen gegen die Fensterscheibe prasselte.

Nichts zu machen. Der linke Arm drückt die Flasche an sich und will sie nicht hergeben. Dem Goldgräber wird's zu dumm. Er haut dem Mann eine rein. Der Mann fällt um. Die Flasche geht kaputt. Und wer muss dafür blechen? Der Mann mit dem aufsässigen Arm. Der hat vielleicht eine Wut gehabt. Aber es kommt noch schlimmer. Der Mann verknallt sich. Und will so richtig Eindruck auf sein Mädchen machen. Den Gentleman rauskehren und so. Er nennt sie Miss und flötet mit ihr. Sie ist hin und weg und denkt, das wird der Vater ihrer Kinder. Da klatscht ihr der ungezogene Arm mit voller Wucht auf den Hintern. Aus ist es mit der Flöterei. Sie knallt ihm eine. Er sagt, Miss, das war ich nicht, das war mein Arm. Bitte vielmals um Entschuldigung für den unverschämten. Die Miss glaubt es nicht. Und zeigt ihm die kalte Schulter. Er verdrückt eine Träne. Verspricht, dass so was nicht mehr vorkommt. Aber kaum hat sie ihm verziehen, greift die schlimme Hand ihr an die Titten. Jetzt will sie wirklich nichts mehr von ihm wissen. Wieder entschuldigt er sich tausendmal und am Ende verzeiht sie ihm wieder. Aber was soll ich euch sagen. Der Arm war nicht zu bändigen. Der Mann konnte ihn ja nicht immer festhalten, und wie er einmal nicht aufpasst, greift er der Miss untern Rock. Ich sag euch, dem war nichts heilig. Aus war's. Keine Miss mehr. Der Mann war wieder allein mit seinem aufsässigen Arm. Glaubt mir, der konnte seinen Arm überhaupt nicht mehr leiden. Er war sozusagen sein schlimmster Feind. Und jetzt frage ich euch, was sollte er machen? Es war ja schließlich sein Arm und an ihm angewachsen. Er hat schon daran gedacht, ihn abzuhacken, da hat er einen getroffen, der hatte auch so einen aufsässigen Arm. Die beiden haben sich über ihre Arme unterhalten, meiner hat das gemacht und meiner das. Das hat ihnen gut getan. Sie waren ein Kopf und ein Arsch, bis unser Mann mal nicht aufgepasst hat. Ihr könnt's euch schon denken. Diesem gesetzlosen Arm war auch die Freundschaft nicht heilig. Aus war's. Da hat der Mann sich den Arm auf dem Rücken festgebunden, damit er nichts mehr anstellen kann. Aber was soll ich euch sagen? Wie der Arm kaltgestellt war, hat das Bein angefangen.

29

Alles tief verschneit, die Bäume schwarzweiß, der Horizont dunstig.

Stille.

Einmal stapft eine vermummte Gestalt mit einem Esel vorbei. Einmal ein Schlitten. Mehr nicht.

Morgens die Spuren der Tiere im Schnee und der Trampelpfad von der Hütte zum Stall, zum Schuppen, zum Fluss.

Das Glitzern der Sonne auf dem Schnee.

Der Rauch aus dem Schornstein.

Schneestille und Stallwärme, Rascheln im Stroh und Duft nach Heu.

Morgens und abends führt Hathaway die Maultiere zum Saufen an den Fluss, und wenn es nicht allzu kalt ist, lässt er sie tagsüber draußen.

Sein Vater versorgt die Hühner. Hathaway muss sich um den Ofen kümmern, Samps ist fürs Essen zuständig. Manchmal gehen sie zusammen jagen. Auf Skiern durch den verschneiten Wald. Im Sattel fühlt Hathaway sich wohler.

Er schießt einen Berglöwen, bringt ihn auf dem Schlitten nach Hause.

Am Anfang reicht der Brennholzstapel vor der Hütte bis unters Dach.

Drinnen neben der Tür die Axt. Kleinholz zum Feueranmachen.

Das Halbdunkel in der Hütte, selten ein Sonnenstrahl durch das Fensterchen, dann tanzen Stäubchen in seinem Licht.

Auf Borkenstückchen lernt Hathaway schreiben. Poststellen-Billy hat ihm die Buchstaben auf einem alten Umschlag vorgeschrieben. Hathaway ritzt sie mit seinem Messer in die Borke.

Im Ofen knackt das Holz. Manchmal huscht eine Maus über den Boden.

Samps mit seiner Pfeife, Hathaway mit seiner Borke, zum Greifen nah am selben Tisch und doch meilenweit voneinander entfernt. Der Alte mit den wasserhellen Augen und dem schlohweißen Haar, der Junge mit dem ersten Flaum im Gesicht, das seine Bräune verloren hat. Stundenlang kein Wort. Einer vergisst die Gegenwart des andern.

Der Brennholzstapel nimmt langsam ab, schon ist Luft zwischen den obersten Scheiten und dem Dach.

Die Asche aus dem Ofen kippt Samps hinter die Hütte. Im Frühjahr wird er sie zum Düngen verwenden.

Wenn nicht zu viel Schnee liegt, nehmen sie den Schlitten und fahren nach Galice, um ihre Vorräte zu ergänzen.

Sie kommen zurück, machen die Tür auf und merken, wie es stinkt, da drinnen in ihrer Hütte, nach Fellen und nächtlichen Fürzen, nach Fisch, Fleisch und dem Fusel für die Lampe. Wenn sie dann eine Weile drinnen sind, riechen sie nichts mehr.

Samps sagt nichts dazu, dass Hathaway schreiben lernt. Er sagt nicht, dass es gut ist. Er sagt nicht, dass es schlecht ist. Einmal schaut er Hathaway über die Schulter, nimmt die Pfeife aus dem Mund und deutet mit dem Stiel auf die Borke. »Bei dem A da fehlt der Strich.« So erfährt Hathaway, dass sein Vater lesen kann.

Der Brennholzstapel nimmt ab, der Aschehaufen zu.

Schneestille und schneebeladene Bäume.

Manchmal reden sie den ganzen Tag nicht mehr als zwei, drei Sätze miteinander.

Im Schneesturm wird es noch dunkler in der Hütte. Samps zündet mitten am Tag die Lampe an.

Schneegestöber vor dem Fensterchen. An der Scheibe schmelzen die Flocken. Tagelang das Tosen, Heulen, Pfeifen. Wenn sie die Tür aufmachen, fegt der Wind den Schnee herein.

Am Morgen kann Samps die Tür nicht öffnen. Hathaway muss durch das Fensterchen hinausklettern und die Tür freischaufeln.

Sein Stein fällt ihm aus der Tasche. Er legt die Schneeschippe weg und sucht nach dem Stein. Drinnen wird der Vater ungeduldig. Aber Hathaway braucht seinen Stein. Den Stein hat Flora ihm zum Abschied gegeben. Jeder schrieb seinen Namen auf einen Stein und dann tauschten sie die Steine aus. Hathaway tastet im Schnee herum. Und findet seinen Stein nicht. Drinnen bummert der Vater gegen die Tür und brüllt, dass er scheißen muss. Er weiß nicht, dass Hathaway nach seinem Stein sucht. Er hört nur, dass er aufgehört hat zu schaufeln. Aber Hathaway fürchtet, dass er den Stein nicht mehr findet, wenn er weiterschaufelt. Drinnen wird es gefährlich still. Hathaway bekommt es mit der Angst und fängt wieder an zu schaufeln.

Die Tür geht auf. Der Vater kommt raus. Hathaway meidet den Blick der wasserhellen Augen.

Der Stein ist weg.

Ohne Stein fühlt Hathaway sich verlassen. Immer muss er an Flora Dell denken. Es macht ihm keinen Spaß mehr, Worte zu ritzen. Flora Dell ist so weit weg.

Nachts muss er mit der Schlange kämpfen, während der Vater ein oder zwei Meter entfernt schnarcht. Manchmal setzt das Schnarchen aus und Hathaway hält die Luft an, alles an. Bis es wieder einsetzt. Manchmal kommt es aus dem Rhythmus und steigert sich zu einer Folge von viehischen Grunztönen.

Hathaway fühlt sich gestört, steht auf und stapft durch den Schnee in den Stall hinüber. Doch da ist es auch nicht das Rechte. Das Stroh sticht ihn. Er ist an sein Bärenfell gewöhnt.

Der Holzstapel vor der Hütte nimmt immer mehr ab, der Aschehaufen hinter der Hütte wird immer höher.

Es taut. Der Fluss schwillt an.

Als der Schnee weggetaut ist, findet Hathaway seinen Stein wieder. Mit dem Stein in der Hand geht er wie ein neuer Mensch in den Stall, um auszumisten.

Er steckt den Stein in die Tasche und fängt an zu singen, so laut und so falsch, dass die Ohren der Maultiere zucken.

30

Der Fluss trat über die Ufer.

Die Weiden standen in einem grünen Schleier.

Die Stuten wurden rossig.

Hathaway fettete Sättel, Packtaschen und Zaumzeug ein und fühlte immer mal wieder in seiner Hosentasche nach, ob der Stein noch da war.

Er schnitt den Maultieren die Hufe aus und ritt zum ersten Mal wieder nach Galice, um Waren für die erste Tour einzukaufen: Munition, Salz und Zucker in großen Mengen.

Die Post des Winters füllte eine ganze Packtasche. Es waren mehrere Briefe für Flora Dell dabei.

Die Maultiere hatten noch das Winterfell, als er sie zum ersten Mal wieder belud.

Am Quail Creek sah Hathaway den ersten Bären. Sein Baum auf dem Felsen im Fluss war noch kahl, hatte aber schon dicke Knospen.

An einer geschützten Stelle blühte ein Rhododendronbusch.

Am Abend sammelte Hathaway zum ersten Mal wieder Holz und machte ein Feuer.

Im Fluss plätscherte und gurgelte es. Leise schlugen die Wellen gegen den Strand. Weiter oben murmelte der Deer

Creek. Das Fauchen einer Raubkatze. Die ersten Sterne. Der Himmel zog sich zu. Ein Waschbär schnupperte an den Packtaschen.

Am Morgen freute Hathaway sich seines Lebens wie lange nicht mehr, entfachte das Feuer wieder, holte Wasser, setzte den Topf aufs Feuer und ging baden. Die Strömung war so stark, dass er kaum stehen konnte. Er warf ein Stöckchen. Das Wasser riss es augenblicklich mit sich fort, und als er den Arm sinken ließ, war es schon nicht mehr zu sehen.

Vorbei an Bob Fox' leerer Hütte. Zwischen den steigenden Bergrücken unter den mächtigen Bäumen war es dunkel, feucht und beklemmend. An manchen Stellen lagen noch schmuddelige kleine Schneereste.

Auf der Höhe angekommen, blickte Hathaway auf den Fluss hinunter, der noch nicht lange wieder in sein Bett zurückgekehrt war. Beim Abstieg kam er an einem Busch vorbei, in dem ein verrottetes Seil hing. In den Klippen ausgeblichene Äste, manchmal ganze Bäume mit Wurzeln.

An Stair Creek Falls machte er Rast.

Mit dem Rücken an einen Felsen gelehnt, hörte er dem gleichmäßigen Tosen zu. Plötzlich fürchtete er sich vor dem ersehnten Wiedersehen mit Flora Dell.

In dem verbrannten Wald war es totenstill. Erst jetzt merkte Hathaway, dass überall die Vögel gesungen hatten. Der schwärzliche Geruch und die Baumleichen unter dem Frühlingshimmel.

Nach dem Grave Creek erzählte er sich die kurze Geschichte von dem Mann mit dem Bärenkopf. Der schleckte gern Honig, aber die richtigen Bären waren immer vor ihm bei den Waben. Verzichten wollte er nicht. So betrat er einen Laden, aus dem heraus es nach Honig roch. Die richtigen Menschen sahen den Bärenkopf und wollten auf ihn schießen. Da musste er schnell laufen. Wieder war er nicht an den Honig gekommen. Er hatte nur sein Leben gerettet. Immerhin, dachte Hathaway, besser als nichts.

An Horseshoe Bend, wo der Fluss eine Biegung macht, die an ein Hufeisen erinnert, sah er, dass die Wespen schon ein neues Nest gebaut hatten.
Je näher er der Thomas-Farm kam, umso größer wurde seine Angst vor dem Wiedersehen.

31

Es war ihr Vater, der ihn begrüßte.

»Hathaway Jones! O Scheiße, Scheiße!« Er war betrunken. Schulterklopfen und Händeschütteln, alles viel zu lange. Flora Dell stand in der Tür, mit winterbleichem Gesicht und ohne Lächeln.

»Ob du es glaubst oder nicht, mein Junge. Ich habe dich vermisst.«

Er stank nach Alkohol. Während sie ins Haus gingen, fragte er dreimal nach Hathaways Vater.

»Flora, mein Mädchen, gib unserm Gast was zu trinken.«

Hathaway Jones und Flora Dell wechselten einen Blick. Er brauchte ihr nicht zu sagen, dass er keinen Whisky wollte.

Der Geruch, der dem mageren Körper des Alten entströmte, stieß ihn ab – der wohlbekannte Geruch, an den er doch gewöhnt war und den er sonst kaum noch bemerkte, war ihm plötzlich so zuwider, als röche er mit Flora Dells Nase.

Er hielt die Luft an. Er machte einen Schritt zurück. Jim rückte nach, unschuldsvoll wie ein Tier, das nicht um seinen Gestank weiß.

»Du bist gewachsen, mein Junge. Wie geht es deinem Vater?«

»Gut«, sagte Hathaway mechanisch.

Alles war anders, als Hathaway es sich den Winter über ausgedacht hatte, Szenen, in denen sie ihm die kalte Schulter zeigte, Szenen, in denen sie in seinen Armen dahinschmolz, er hatte sie alle durchlebt in den dunklen Tagen, aber dass ihr Vater ihn mit Beschlag belegen könnte, darauf war er nicht gekommen. Alles war anders, nur ihr Kaffee war so süß wie früher.

Sie wich seinem Blick aus. Ihr Vater erzählte aufgekratzt vom Winter.

»Der erste Winter, in dem wir das Klavier hatten. Ich sag dir, mein Junge, sie ist eine Künstlerin … Flora, mein Mädchen, spiel unserm Gast was vor.«

Flora Dell stand auf und setzte sich ans Klavier. Der Anblick ihres unglücklichen Rückens verwirrte Hathaway Jones. Er ahnte, dass es etwas mit dem langen Winter allein mit dem alten Saufkopf zu tun hatte, aber der Winter war vorbei und jetzt war er da. Sie zeigte keine Freude, und das kränkte ihn so, dass er ihr Spiel kaum hörte.

Er beobachtete, wie der Kopf ihres Vaters langsam auf die Brust sank.

Als der letzte Ton verklungen war, hob Jim den Kopf und lallte emphatisch: »Großartig, mein Mädchen. Das hast du schön gespielt.«

Dann fragte er wieder nach Samps. »Wie geht es meinem alten Kumpel?« Und Hathaway sagte: »Gut.«

Kein Kuss, keine Umarmung, nichts.

Schlaflos lag Hathaway im Heu. Flora Dell hatte sein Lager so gelassen, wie es im Herbst gewesen war, als er zuletzt hier übernachtet hatte. Das Heu ringsum war verschwunden, die Scheune leer.

Hathaway starrte auf seinen Hut. Die Ritzen im Holz hatten sich während des Winters verbreitert. Der alte Schlapphut im fahlen Mondlicht und darunter die Geräte, die an dem Pfosten lehnten, eine selbst gemachte Sense, ein Rechen mit groben hölzernen Zähnen und ein gewaltiges Waschbrett.

Das Tor ging auf. Im Mondlicht stand Flora Dell mit gelöstem Haar. Hathaway Jones hatte sie noch nie mit offenem Haar gesehen. Das Tor hing noch immer schief in den Angeln.

Hathaway hatte vergessen, dass er sich vorgenommen hatte, es zu reparieren. Es knarrte, und Flora hatte Mühe, es zu schließen.

Wortlos hob er die Decke.

Sie legte sich angekleidet neben ihn.

In dem Augenblick, in dem er sie in die Arme nahm, wurde es dunkel in der Scheune.

Draußen zogen Wolken über den Mond und drinnen drückte Hathaway Jones Flora Dell an sich, flüsterte: »Mir hat ein Engelchen aufs Herz gepisst!«, und küsste sie.

»Mir auch«, hauchte Flora Dell. »Es brennt.«

Der Mond blieb hinter Wolken verschwunden, in der Scheune war es dunkel und frühlingskühl – ihre Körper strahlten Wärme aus, einer war des andern Ofen.

Ihre Röcke fühlten sich rau an, sie waren aus Mehlsäcken gemacht. Das Leibchen hatte unzählige Knöpfe. Als sie endlich im Unterkleid war und Hathaway ihre Brüste umfasste, stießen seine Fingerspitzen auf etwas Hartes, das sie in einem Beutelchen um den Hals trug. Er zog es heraus und legte es behutsam ins Heu. Sehen konnte er nichts, trotzdem wusste er, dass das der Stein war, auf den er seinen Namen geschrieben hatte. Aber er konnte sich jetzt nicht damit aufhalten, weil der Engel durch die Scheune ging, das Brennen der wund gepissten Herzen zu lindern. Allerdings ging er ziemlich schnell, er hatte es eilig, hatte es besonders eilig. Schon ging er nicht mehr, er rannte, schnell schnell, es brennt, er raste, er stürmte durch die Scheune, mit Karacho, es brennt es brennt.

Die ersten Strahlen der Morgensonne fielen durch die Ritzen im Holz, als Hathaway Jones erwachte und in honigfarbene Augen blickte.

Sie lag, auf einen Ellbogen gestützt, neben ihm im Heu und lächelte.

»Du hast im Schlaf gelacht – laut gelacht hast du mit geschlossenen Augen und törichtem Gesicht.«

Sie küsste ihn, ihm fiel das Schlankbärchen ein. »Jenny. Wo ist Jenny?«

Die Sternchen in ihren Augen erloschen.

»Vater hat es in der Tür eingeklemmt. Er hat es nicht mal gemerkt. Ich habe es gefunden, da war die Tür und da war der Kopf und das Maul …«

Sie konnte nicht weiterreden, versteckte ihr Gesicht an seiner Schulter und weinte. Er hielt sie, seine Schulter wurde nass, er war ratlos. Er starrte auf seinen Hut, der im Dämmer der Scheune an seinem Pfosten hing wie ein schwarzes Wespennest, ihr Schluchzen mischte sich mit dem Zwitschern der Vögel, und er wusste nicht, was er sagen sollte. Da fiel ihm die Geschichte von dem Mann mit dem Bärenkopf ein, der nicht zu den Menschen gehörte und nicht zu den Bären.

»Er gehörte zu niemandem, sie nannten ihn Honigschlecker, und er war immer allein, bis er eines Tages – es war im Frühling, das weiß ich, weil die Rhododendronbüsche geblüht haben, und Honigschlecker war gerade aus seinem Winterschlaf erwacht und sehr hungrig, da sieht er ein Menschengesicht im Gebüsch. Er will schon weglaufen, weil er denkt, wo ein Mensch ist, ist ein Gewehr, und mit dem Gewehr werde ich totgeschossen, da ruft ihm eine Stimme nach: ›Honigschlecker, lauf nicht weg!‹ Woher sie seinen Namen wusste, kann ich dir nicht sagen, aber eines weiß ich: Es war eine Stimme, eine Stimme war das, vor der kannst du nicht weglaufen. Honigschlecker bleibt stehen, er dreht sich um, und was sieht er? Einen Mädchenkopf auf einem Bärenkörper, so ein richtiger Bärenkörper mit Pelz und allem, vier Tatzen und einem süßen Arsch – o Verzeihung, vergiss es. ›Lauf nicht weg‹, sagte die Bärin mit dem Menschenkopf. ›Wir wollen Freunde sein.‹ Honigschlecker brummte, reden konnte er ja nicht. Aber eine feine Nase hat er, die weiß immer, wo der Honig ist, und Hände hat er auch, mit denen kann er sie streicheln und beschützen. Dafür kann sie reden und bestimmt kann sie auch singen. Wann hast du zum letzten Mal gesungen?«

»Als meine Mutter krank war, habe ich ihr die Lieder vorgesungen, die sie mir beigebracht hat, als ich ein Kind war.«

Hathaway schwieg. Er war erleichtert, dass sie nicht mehr weinte, und fragte sie nach einem Hammer.

»Hammer?«, fragte sie zurück.

»Ich will euren Weidezaun ausbessern.«

Flora Dell wusste nicht, wo das Werkzeug war. »Er lässt alles liegen, fängt irgendetwas an und hört mittendrin auf und lässt alles liegen.«

Hathaway stand auf. »Komm, wir suchen. Wir werden ihn schon finden.«

32

Die Sonne schien. Die Bäume warfen Schatten. Hathaway Jones saß gelöst auf dem Rücken seines Gäulchens, wieder allein unterwegs mit seinen Maultieren, deren Getrappel im Rieseln und Rauschen der Rinnsale und kleinen Wasserfälle um Black Bar herum unterging.

Er war allein und nicht allein, erst vor wenigen Stunden hatte er sich von Flora Dell getrennt. Er spürte ihre Nähe und er sehnte sich nach ihr. Die Zügel locker in der Hand, bewegte er sich auf Brownie am Fluss entlang, der hier sehr breit und voller Felsbrocken war. Er sang nicht und er dachte sich keine Geschichten aus, er hörte es gurgeln und plätschern und tosen, sah ein Eichhörnchen von Ast zu Ast springen und fühlte sich Flora Dell so nah, dass er meinte, sie müsste hinter der nächsten Wegbiegung auf ihn warten. Er würde mit einem Satz vom Pferd springen und auf sie zulaufen. Sie würden sich in die Arme stürzen und waren gerade dabei, sich leidenschaftlich zu küssen, als Hathaway einen rostigen Flintenlauf hinter einem Baumstamm auftauchen sah.

Ein kleiner Schreck fuhr ihm in die Glieder und setzte sich fort bis in die Flanken seines Maultiers, dessen Schritte für einen Augenblick aus dem Rhythmus kamen.

Äste knackten. Es raschelte in den Büschen. Hathaway sah, dass es bloß Jimmy Coe war, der hier an Black Bar seinen Sommerbau hatte. Er lachte erleichtert und beruhigte

Flora Dell: Brauchst keine Angst haben, das ist bloß Jimmy Coe. Der ist harmlos. Klaut bloß wie ein Rabe. Sonst ist er harmlos.

Brownie hörte die vertraute Stimme. Ihre großen Ohren bewegten sich aufmerksam, während das Männlein mit dem langen verfilzten Bart sich am Pfad entlang mit grotesken Sprüngen von Deckung zu Deckung bewegte; mal war er ein Stück voraus, mal blieb er zurück, um plötzlich weiter vorne wieder aufzutauchen und, hinter einem Baumstamm versteckt, den rostigen Flintenlauf auf Hathaway Jones zu richten.

Flora Dell war schon dabei, sich zu verflüchtigen, Hathaway Jones wollte sie festhalten und redete fieberhaft auf sie ein: Die Flinte schießt nicht. Es heißt, er lebt von Beeren und Wurzeln. Und von Fischen. Wenn du im Sommer um Black Bar herum Rauch aufsteigen siehst, weißt du: Jimmy Coe brät einen Fisch.

Zu spät. Flora Dell hatte sich aufgelöst. Hathaway gab Brownie einen derben Klaps auf den Hals, drehte sich entnervt und wütend nach Jimmy Coe um und sah gerade noch, wie der kleine Mann sich mit der Packtasche des letzten Maultiers verdrückte.

Hathaway riss am Zügel und brüllte:

»Jimmy!«

Mit einem Satz war er aus dem Sattel, diesmal nicht nur im Geiste, sondern in ganzer Person und wutentbrannt, ließ Brownie einfach stehen und rannte hinter Jimmy her, der zwar durch die Last behindert, aber dennoch im Vorteil war, weil er jeden Busch hier kannte.

»Jimmy!«

Eine Kugel pfiff ihm um die Ohren.

Er blieb stehen. Wenn Flora Dell jetzt da gewesen wäre, hätte sie ihren Liebsten gesehen, wie er mit heruntergeklappter Kinnlade ungläubig in das sonnenbeschienene Unterholz starrte und schließlich vorwurfsvoll murmelte:

»Jimmy …«

33

Kanus und Ruderboote am Fluss, Pferde und Maultiere vor den Stallungen.

Auf der Billings-Ranch wurde das Sommerfest gefeiert, und alle waren gekommen, um in der Scheune zu trinken und zu tanzen. Heiterer als im letzten Jahr, saß George Billings am Kopfende der Tafel. Er hatte wieder geheiratet, und seine Frau Adeline bediente die Gäste, zusammen mit Dollie, die mit ihrem Goldprospektor aus Galice gekommen war.

Neue Gesichter an der langen Tafel: Baldy Criteser, der sich mit seiner Frau Mary und vielen Kindern an Big Meadows niedergelassen hatte. Bob Boone, ein drahtiger Goldgräber. Er war in Bob Fox' Hütte eingezogen und saß zusammen mit Slim Damon und Arnold Edzard, die Meyer und Jennings Claim übernommen hatten.

Old Man Rainie spielte die Fiedel, George Billings' Bruder Oberon das Banjo und Clarence Burke die Mandoline. Der Schweiß lief ihm über das gerötete Gesicht, der Hut saß schief, der schwere Körper zuckte im Takt, da freute sich einer seines Lebens, keiner beklaute ihn mehr.

Flora Dell im langen Baumwollkleid, die Zöpfe hochgesteckt, war die Schönste von allen in den Augen von Hathaway Jones, der vollkommen glücklich gewesen wäre, wenn er nicht gewusst hätte, dass er gleich tanzen musste. Voller Angst kippte er einen Whisky hinunter, und weil die

Angst nicht wegging, noch einen. Dann gab er sich einen Ruck, stand auf und machte es, wie er es bei den andern gesehen hatte: Er nahm Flora Dell bei der Hand und führte sie zur Tanzfläche.

Das Heu war noch nicht eingebracht, die Scheune leer, das Tor weit offen, die Kinder der Critesers rannten mit den Wooldridge-Kindern von drinnen nach draußen, wo die Pferde und Maultiere und Esel mit ergeben gesenkten Köpfen und zuckenden Ohren standen. Mäuse und Ratten hatten sich verschreckt in ihre Löcher verkrochen, da hockten sie, spürten die Erschütterungen des Bodens und wussten nicht, wie ihnen geschah. Hathaway Jones machte mit dem Mut der Verzweiflung schwer aufstampfend die ersten Tanzschritte und da ereignete sich ein kleines Wunder: Sein Körper fand sich ganz von selbst in den Rhythmus und bewegte sich, immer leichter werdend, mit der Musik. Er vergaß seine Angst und tanzte, sah Flora Dell in die lachenden Augen und tanzte tanzte, passte sich dem Rhythmus an, wie er sich den Bewegungen des Pferdes anpasste: ohne darüber nachzudenken.

Draußen ging ein Regenschauer nieder, die Kinder spielten drinnen weiter, Samps und Jim rückten in trunkener Eintracht zusammen.

Jim, der mit einem Lächeln zu seiner Tochter und Hathaway hinsah, stieß Samps in die Rippen und nuschelte gerührt: »Unsere Kinder …«

Samps warf einen gleichgültigen Blick zu seinem Sohn hinüber und fragte: »Hast du schon von Jimmy Coe gehört?«

»Was?«, fragte Jim, noch immer gerührt lächelnd, zurück. »Dass er ab in die Berge ist?«

»Sie haben ihn erwischt«, erklärte Samps wichtigtuerisch.

»Der arme Teufel.«

»Von wegen armer Teufel.«

»Wieso?«

»Der heißt gar nicht Jimmy Coe.«

»Na und? Hier heißt so mancher nicht so, wie er heißt.«

Samps nahm den Hut ab und knallte ihn auf den Tisch. Das weiße Haar klebte ihm am Kopf. Es war heiß in der Scheune.

Samps wischte sich den Schweiß mit seinem Sacktuch und sagte: »Aber der – der ist aus dem Zuchthaus ausgebrochen. Und weißt du, warum?«

»Woher soll ich das wissen? Ich krieg ja nichts mit. Wann denn?«

»Vor siebenundzwanzig Jahren.«

»Ach Gott«, sagte Jim mitleidig.

»Er hat seinen Opa umgebracht.«

Jim machte ein ungläubiges Gesicht. »In die Oper gebracht? Wo gibt's denn hier 'ne Oper? Weiß ich ja noch gar nichts von. Mir sagt ja keiner was.«

Samps wurde ungeduldig: »Opa. *Opa.* Du hörst immer schlechter.«

Jim brauste auf: »Das stimmt nicht. Ich höre sehr gut. Ausgezeichnet. Ich höre wie ein junger Luchs. Also, was für ein Opfer hat er gebracht, der Kleine?«

»Opfer? Wie kommst du denn jetzt da drauf? Opfer«,

wiederholte Samps verächtlich. »OPA. Er hat seinen OPA umgebracht.«

»Ahhhh«, machte Jim. »Seinen Opa umgebracht. Das Kerlchen? Das glaub ich nicht.«

Und jetzt ließ Samps genussvoll die Katze aus dem Sack: »Und seine Oma. Und seine Mutter und zwei Tanten samt seinem Neffen, der war bloß sechs Monate alt.«

»Doch nicht Jimmy Coe.«

Samps sah Jim triumphierend an.

Jim rückte beleidigt von ihm ab. »Ich lass mir doch keinen Bären aufbinden.«

Samps setzte den Hut wieder auf und erklärte mit der Gelassenheit eines Menschen, der seiner Sache sicher ist: »Er heißt James Johnson und hatte lebenslänglich, weil er seine ganze Familie ausgerottet hat, vom Ältesten bis zum Jüngsten.«

Der Tanz war zu Ende, Flora Dell ließ sich nach Atem ringend auf ihren Platz fallen, und Hathaway Jones ging hinaus, um sich zu erleichtern.

Die Luft war frisch und kühl nach dem Regen. Es war nicht mehr hell und noch nicht dunkel. Hathaway Jones suchte sich einen Baum und pisste glücklich vor sich hin. Er beschloss, Flora Dell zu heiraten.

Beschwingt kehrte er zur Scheune zurück. Am Tor stieß er mit Liz Wooldridge zusammen, die nicht merkte, dass er es eilig hatte, und ihm, so wie sie ihre Mützen und Strümpfe strickte, bedächtig und in aller Ruhe ausführlich von dem weißen Hengst erzählte. Er war im Frühjahr wieder bei ihnen aufgetaucht und hatte sich eine Stute holen wollen. Ihr Vater war gerade noch rechtzeitig hinzugekommen. Die Herde des weißen Hengstes hatte den Winter nicht überlebt. Es waren ihm nur ein paar Stuten geblieben, die anderen waren offenbar verhungert, und die, die überlebt hatten, waren rappeldürr, aber schon wieder trächtig, und eine hatte ein Fohlen. Liz hatte sie gesehen, als sie in den Bergen war, um Kräuter zu sammeln für ihre kleinen Geschwister, die einen bösen Husten hatten, der gar nicht aufhören wollte. Annie hatte Liz gesagt, welche Kräuter sie nehmen sollte und wo sie zu finden waren, und sie hatten tatsächlich geholfen, aber jetzt war Annie selber krank. Liz wollte nach ihr sehen und …

Die Musik setzte wieder ein, Hathaway wollte weg von Liz Wooldridge – immer wenn er Liz sah, musste er an Scotty denken, und wenn er an Scotty dachte, fühlte er einen Klumpen in der Brust. Aber er harrte aus, bis Liz schwieg und sich verabschiedete, um Annie zu besuchen.

Als er endlich in die Scheune zurückkam, saß Dutch Henry auf seinem Platz. Gerade legte er Flora Dell mit einem scheißfreundlichen Lächeln die Hand auf den Arm.

Hathaway sah es und erstarrte. Das war *sein* Arm. Er sah schon nicht mehr, dass Flora Dell ihm etwas mit den Augen mitzuteilen versuchte. Er sah nur, dass der holländische Schleimscheißer sie anfasste.

Wütend baute er sich hinter Dutch Henry auf, um zu bekunden, dass er seinen Platz wiederhaben wollte.

Dutch Henry blickte kurz hoch, ließ einen Augenblick

lang die toten blauen Augen auf ihm ruhen, als wäre er irgendein alter Pfosten, der nicht mehr gebraucht wurde, und wandte sich wieder Flora Dell zu, die ebenfalls zu Hathaway aufblickte, ihn anlächelte und den Mund aufmachte, um etwas zu sagen, sein finsteres Gesicht sah und sich mit erloschenem Lächeln abwandte.

Dutch Henrys Hand ruhte noch immer auf ihrem Arm.

Hathaway Jones stand da wie bestellt und nicht abgeholt. Am liebsten hätte er Dutch Henry gepackt und von der Bank gerissen und zusammengeschlagen. Aber er stand da und rührte sich nicht. Hörte mit an, wie Dutch Henry ihr sagte, sie sehe aus wie eine frisch erblühte Rose. Konnte den Anblick seiner Hand auf ihrem Arm nicht ertragen. Sah weg. Bemerkte, dass Dutch Henry die andere Hand hinter dem Rücken hielt. Die Hand schien ein geschäftiges Eigenleben zu führen. Unaufhörlich rieb sich der Daumen an den Fingern. In die Eifersucht mischte sich Verachtung. Mit so einem gab sie sich ab, für so einen ließ sie ihn stehen.

Er hasste sie. Merkte nicht, wie steif sie dasaß und dass sie hilfesuchend den Kopf nach ihm wandte. Er sah bloß, dass sie sich mit Dutch Henry abgab, und hasste sie dafür.

Hathaway Jones stand reglos. Er hörte die Musik nicht mehr, er hörte gar nichts mehr, es war wie ein lautloser Vulkanausbruch in seinem Innern, gefolgt von einem Ascheregen, der alles unter sich begrub, was eben noch seine Welt gewesen war. Selbst die Nacht in der Scheune war wie nie gewesen: Flora Dell hatte sich abgewandt, er war wieder allein, und jetzt spürte er seine Einsamkeit anders als vorher, jetzt war es nicht mehr selbstverständlich, dass er allein war. Er fühlte sich wie ein abgebrochener Ast, den der Fluss mitgerissen hatte, bis er irgendwo hängen blieb, als das Wasser zurückging.

Hathaway Jones drehte sich abrupt um. Er wollte raus, bloß weg.

»Hey, wo willst du hin?«

An einem Pfosten lehnte Black. Die weißen Zähne blitzten in dem schwarzen Gesicht. »Nicht so eilig.« Seine Stimme war dunkel und ein wenig rau. »Immer mit der Ruhe.«

Hathaway blieb stehen. Black legte ihm die Hand auf die Schulter. Er war größer als Hathaway und wahrscheinlich der Einzige in der Scheune, der vollkommen nüchtern war.

Hathaway spürte seine Hand auf der Schulter und hatte Flora Dells grauenhaftes Lachen im Ohr, es hallte in ihm wider wie ein gefangenes Echo, das würde er ihr nie verzeihen: wie sie gelacht hatte, nachdem Dutch Henry das mit der Rose gesagt hatte.

»Junge ...«

Hathaway hatte das Gefühl, dass Blacks schwarze Augen ihn prüfend ansahen. Auf einmal machten Wut und Schmerz und Hass einem anderen Gefühl Platz: Hathaway schämte sich. Ihm wurde bewusst, dass man ihn sah. Alle konnten ihn sehen.

Augenblicklich nahm er eine betont lässige Haltung an und redete los: »Black, du glaubst es nicht. In Galice ist neulich ein Mädchen zum Sheriff gerannt, mitten in der Nacht. Sagt, sie weiß nicht, was sie machen soll. In ihrem Bett liegt ein Fremder. Der Sheriff also mit ihr nach Hause und wirklich, da liegt ein Kerl im Bett. Der Sheriff rüttelt ihn wach. Das dauert. Der Kerl ratzt wie ein Bär. Endlich macht er die Augen auf und glotzt den Sheriff an. ›Wassen los?‹ Der Sheriff fragt: ›Was machen Sie hier?‹ Der Kerl grunzt, dreht sich um und will weiterpennen. Sheriff wird sauer. ›Ich hab Sie gefragt, was Sie hier zu suchen haben!‹ Der Kerl wird ungehalten. ›Ich schlafe‹, sagt er. Und der Sheriff: ›Das sehe ich. Aber was machen Sie hier?‹ Sagt der Mann: ›Ich wohne hier.‹ Sagt der Sheriff: ›Sie wollen mich wohl verarschen.‹ Sagt der Mann: ›Ich verarsche Sie nicht. Ich wohne hier.‹«

Black nahm die Hand von Hathaways Schulter und kratzte sich am Ohr. Einen Augenblick lang starrte Hathaway auf die seltsam helle Innenfläche der schwarzen Hand, dann fuhr er fort:

»Stellt sich raus, die beiden waren frisch verheiratet. Verstehst du, der Kerl war der Ehemann von der kleinen Maus. Haben vor dem Schlafengehen einen gehoben, die beiden, und wie sie aufgewacht ist, hat sie ihn nicht erkannt!«

Hathaway Jones setzte ein Grinsen auf und sah dabei aus den Augenwinkeln zu Flora Dell und Dutch Henry hinüber. »Wie die Weiber eben sind«, sagte er großspurig. »Heute sehn sie dich. Morgen kennen sie dich nicht mehr.«

»Nicht alle sind so«, sagte Black ruhig.

Hathaway zuckte die Achseln und bemerkte, dass Flora Dell sich suchend umblickte, bis sie ihn entdeckt hatte. Er sah schnell weg, schöpfte aber wider Willen Hoffnung. Dann warf er Black einen Blick zu, ob der was gemerkt hatte.

Es war dämmrig geworden in der Scheune. Meisje ging umher und zündete Lampen an.

»Junge, soll ich dir ein Geheimnis verraten?«

»Klar doch«, sagte Hathaway lahm.

»Ich kenne eine, die nicht so ist«, erklärte Black. »Eine und noch eine.«

»Was du nicht sagst.« Den Blick nur scheinbar auf die Musikanten gerichtet, beobachtete Hathaway Flora Dell, die von Dutch Henry abgerückt war und Meisje zuwinkte.

Das Indianermädchen winkte zurück und setzte einen Krug vor den Musikanten ab. Als sie sich bückte, streiften ihre langen schwarzen Zöpfe den Boden.

Black wurde ungeduldig. »Junge, sei doch nicht so stur. Du kannst dein Geheimnis ja für dich behalten, aber ...«

»Ich hab kein Geheimnis«, unterbrach ihn Hathaway. »Hast du schon von dem Doktor und seinem Gebiss gehört?«

Das schwarze Gesicht verschwamm allmählich in der Dämmerung. »Jeder Mensch hat ein Geheimnis.«

»Ich nicht!« Hathaway gab seine verdeckte Beobachtung Flora Dells auf und sah Black gekonnt harmlos an.

Black ließ sich nicht täuschen. »Jeder Mensch hat ein Geheimnis. Er kann sich nackt ausziehen und seine Eingeweide zeigen, aber das Geheimnis bleibt.« Er klopfte Hathaway väterlich auf die Schulter und fügte hinzu: »Er kennt es nicht einmal selber und ...«

Plötzlich stieß er sich von seinem Pfosten ab und starrte zum Scheunentor hin. Hathaway folgte seinem Blick und sah die zierliche Gestalt des Indianermädchens in der Dämmerung stehen. Sie schien zur Tanzfläche hin zu nicken. Ohne zu wissen, warum, drehte Hathaway sich um und spürte einen Schlag im Magen, als er sah, dass Dutch Henry und Flora Dell gerade zu tanzen begonnen hatten.

Black hatte es auf einmal sehr eilig. »Also, Junge, denk daran, was ich dir gesagt habe …«

Und weg war er.

Hathaway Jones stand noch einen Augenblick allein und schlenderte dann betont lässig nach draußen, zum Stall, zu Brownie. Er senkte die Stirn auf ihr Fell, atmete ihren Duft ein und schlang die Arme um ihren Hals. Von ferne klang die Musik zu ihm herüber.

Brownie hob den Kopf, und jetzt hörte auch Hathaway, dass jemand näher kam. Einen Augenblick lang hoffte er, dass es Flora Dell war, im nächsten dachte er daran, dass sie da drinnen mit dem holländischen Schleimscheißer tanzte.

Er richtete sich auf und fummelte an dem Halfter seiner Stute herum, für den Fall, dass man ihn sah. Dann ging er schnell aus dem Stall, hinunter zum Mule Creek, versteckte sich unter den Zweigen einer Weide und starrte verbittert auf das dunkle Wasser des Bachs.

Grillenzirpen und weit weg die Musik. Der Bach gluckste. Es raschelte in den Büschen, Äste knackten. Stimmen kamen näher.

Hathaway horchte auf.

Es war Black. Seine raue, singende Stimme war unverwechselbar. Die zweite Stimme war so leise, dass Hathaway sie nicht gleich erkannte. Erst als er sie unmittelbar neben sich hörte, wusste er, wer das war. Und endlich begriff er, warum Black es plötzlich so eilig gehabt hatte.

Es wurde still. Nur das Zirpen der Zikaden, das Glucksen des Bachs und die ferne Musik. Hathaway sah, wie die beiden Gestalten in der Dunkelheit verschmolzen. Sie küssten sich.

Hathaway drückte sich an den Stamm und wagte kaum noch zu atmen.

»Was ist los?«, flüsterte Black.

Meisje sprach so leise, dass Hathaway nur das Wort »Angst« verstehen konnte.

Die beiden hockten sich auf einen Felsbrocken. Sie waren so nahe, dass Hathaway Meisjes Zöpfe hinter dem Weidenvorhang erkennen konnte. Das Indianermädchen sprach jetzt lauter: » … und dann war *er* weg und die Axt war weg.« Ihre Stimme wurde schrill: »Ich habe den Hackklotz gesehen, ohne die Axt. Die Axt steckt sonst immer im Hackklotz. Er wird uns umbringen. Glaub mir, ich kenne ihn, er wird uns auch umbringen.«

Einen Augenblick war es still, dann sagte Black: »Wir gehen weg.«

»Wohin?«, fragte Meisje hoffnungslos.

»Ich weiß nicht«, antwortete Black. »Ich rede mit George.«

»Nein. George wird es dem Sheriff sagen und dann … du kennst ihn nicht. Er weiß nicht, dass ich den leeren Hackklotz gesehen habe.«

Meisje schluchzte auf. Black zog sie an sich. »George war

gut zu mir. Ich kann mich nicht einfach davonstehlen … Hast du noch Verwandte im Reservat?«

»Nein«, sagte Meisje. »Da will ich nie wieder hin.«

Die beiden schwiegen. In der Stille hörte Hathaway den Bach glucksen und die Zikaden zirpen.

Meisje sprang auf. »Die Musik hat aufgehört. Ich muss gehen.«

Black versuchte sie zurückzuhalten. »Warte, Flora Dell kümmert sich um ihn.«

34

Der Pfad führte auf mittlerer Höhe des Canyon entlang. Hathaway Jones und Flora Dell hatten kein Wort miteinander geredet, seitdem sie die Thomas-Ranch verlassen hatten.

Schweigend stiegen sie zum Fluss hinunter.

Schweigend hockten sie in einer winzigen Sandbucht. Nackt, grau und zerklüftet lagen die Felswände in der Abendsonne.

Hathaway Jones schob den Schlapphut in den Nacken, stand auf und kletterte auf den Felsen am Fluss herum. Er war voller Groll, für den er keine Worte fand.

Flora Dell blieb sitzen und ließ den Sand durch die Finger rinnen.

Nach einer Weile kam Hathaway Jones zu ihr zurück und hockte sich neben sie. Sagen konnte er nichts. Aber er zeichnete ihren Namen in den Sand. Erst ihren Namen und dann eine Blume.

Mit verschlossenem Gesicht ließ sie weiter den Sand durch die Finger rinnen, schaufelte nach Sand, wenn die Hand leer war, ließ ihn durch die Finger rinnen, schaufelte Sand …

Die Wut packte ihn. Er strich ihren Namen durch und wühlte den Sand auf, bis nichts mehr zu sehen war. Dann sprang er auf und fing wieder an, ziellos herumzuklettern.

Flora Dell stand ebenfalls auf, streifte einen Mokassin ab und hielt den nackten Fuß ins Wasser.

Beide hörten sie nicht das Wasser, nicht den Wind, keinen Vogel. Jeder hörte nur das Schweigen des andern.

Hathaway Jones kam wieder in die kleine Sandbucht zurück und zog mit einem Finger einen Kreis um sich.

Das Kinn auf der Brust, den Hut tief im Gesicht, hockte er in seinem Kreis und rührte sich nicht.

Flora Dell nahm den Fuß aus dem Wasser, ging zu ihm hin und zog mit der großen Zehe einen Strich von seinem Kreis weg, machte ein Stück weiter einen Kreis für sich und hockte sich hinein.

Durch den Strich verbunden, saßen Flora Dell und Hathaway Jones jeder in seinem Kreis, bis Flora Dell endlich das Schweigen durchbrach: »Du meinst immer, wenn man über etwas nicht redet, ist es nicht da.«

Hathaway Jones zog die Knie an, umschlang seine Beine und schwieg.

»Es ist aber da«, fuhr Flora Dell fort. »Ob du darüber redest oder nicht, es ist da.«

Hathaway Jones starrte auf sein Knie. Es war ihm fremd wie irgendein Ding, das nicht zu ihm gehörte.

Flora Dell fauchte ihn von ihrem Kreis aus an: »Wie mein Vater. Darin seid ihr euch einig, ihr Männer!« Und fügte böse auflachend hinzu: »Stillschweigend einig.«

Mit dumpfer Stimme sagte Hathaway von seinem Kreis aus: »Du hast mit ihm getanzt.«

»Na und?«, sagte Flora Dell von ihrem Kreis aus. »Du weißt genau, warum. Ich habe es dir schon dreimal gesagt.«

»Du hast mit ihm getanzt«, wiederholte Hathaway eigensinnig.

»Ich habe es für Meisje getan.«

»Was geht dich das Rothaut-, das Indianermädchen an?«

»Sie ist meine Freundin.«

Hathaway ließ seine Beine los und sah Flora Dell an. »Halt dich da raus. Ich sage dir, halt dich da raus.«

»Ich kann mich da nicht raushalten. Meisje ist meine Freundin.«

»Trotzdem. Der Schleimscheißer ist gefährlich. Da kann man nichts machen. Da muss man sich raushalten.«

»Ich weiß, dass Dutch Henry gefährlich ist«, sagte Flora Dell scheinbar ruhig. »Ich habe Scotty McCullen nicht vergessen.«

Hathaway Jones schwieg. Doch diesmal war es kein erbittertes Schweigen. Er spürte wieder den Klumpen in der Brust, der sich immer dann bemerkbar machte, wenn jemand ihn an Scotty erinnerte. Es war ein Schmerz, über den er nicht reden konnte, auch nicht mit Flora Dell. Der Groll war weg.

Hathaway stand auf, ging zu Flora Dell hin und reichte ihr die Hand, um sie hochzuziehen. Sie standen einander gegenüber, nicht mehr zerstritten und noch nicht versöhnt.

»Er wird sie umbringen«, sagte Hathaway Jones sachlich. »Da kann man nichts machen.«

Sie schüttelte stumm den Kopf. Und dann wollte sie plötzlich baden gehen. Sie war schon im Wasser, als Hathaway noch widerwillig und beschämt aus seiner Hose stieg. Als sie über die Steine in das Wasser der kleinen Bucht geklettert war, hatte er ihren Hintern gesehen. Die Schlange hatte sich aufgerichtet, er konnte nichts dagegen machen, nur schnell ins Wasser. Er hatte es so eilig, dass er sich die Füße an den Steinen aufriss, so eilig, dass er den Schmerz nicht fühlte und nicht den Schock des kalten Wassers.

Er planschte ein bisschen herum, mied ihren Blick und starrte missmutig auf den reißenden Fluss.

Am Rand der Bucht bewegte sich etwas: Ein freches kleines Gesicht mit triefendem Bart und schwarzen Knopfaugen blickte unverwandt zu ihm herüber. Ein Otter. Hathaway und der Otter sahen sich eine Weile an, dann tauchte er weg und kam ein paar Meter weiter wieder an die Oberfläche. Aber jetzt waren es zwei, nein, drei, die im Wasser herumtollten, Purzelbäume schlugen, die Uferböschung herunterrutschten und mit lautem Platschen in dem aufspritzenden Wasser verschwanden, vier oder fünf, vielleicht auch sechs, sie waren viel zu ausgelassen, als dass man sie hätte zählen können, eine Bande von durcheinander wirbelnden kleinen Clowns.

Flora Dell lächelte und auch Hathaway Jones' immer noch verkniffener Mund öffnete sich zu einem Lächeln.

»Sie machen das für uns!«, rief Flora Dell.

»Nicht für uns«, sagte Hathaway. »Bloß so.« Und watete, schon wieder griesgrämig, ans Ufer.

Die Otter verschwanden.

Als Flora Dell strahlend über die Felsen geklettert kam, war er schon wieder angezogen.

Flora Dell trocknete sich mit ihrem Unterkleid ab. »Sie wollen weg.«

Hathaway Jones nickte.

»Nach Portland.«

Hathaway Jones, der angestrengt weggesehen hatte, bis sie wieder bekleidet war, wandte sich ihr zu. »Ich will es gar nicht wissen.«

Sie strich ihren Rock glatt, zupfte das Kopftuch zurecht und setzte sich zu ihm. Er legte den Arm um sie. »Wenn du was nicht weißt, gibt es kein Messer, das es aus dir rausholen kann.«

Er zog sie an sich. Ihr Körper roch nach dem Fluss, die Haut war kühl und noch ein wenig feucht. Im Canyon wurde es dämmrig. Nackt und grau ragten die Felswände zu beiden Seiten des Flusses in den dunkelnden Himmel. Hin und wieder sprang ein Fisch, der Sand war warm und irgendwo weit weg heulte ein Kojote den aufsteigenden Mond an. Später war der Sand überall, zwischen den Zähnen, in den Haaren und in jeder Falte ihrer schweißnassen Körper.

Sie stiegen noch einmal in den Fluss und diesmal schämte sich Hathaway Jones seiner Nacktheit nicht.

35

Poststellen-Billy hatte Zahnschmerzen. Hathaway Jones verstand das nicht. Zahnschmerzen, wo das Leben doch so schön war. Wozu brauchte man Zahnschmerzen, wenn es einen süßen Arsch auf dieser Welt gab.

»Kopf hoch!«, sagte Hathaway Jones munter.

Aber Billy hielt sich die Backe und sah trübsinnig zu, wie Hathaway Jones die Post sortierte. Kein Wort darüber, dass Hathaway so schnell lesen gelernt hatte. Er hatte Lob erwartet, wenigstens das, wenn schon keine Begeisterung. Aber Billy hielt sich bloß die Backe.

Hathaway Jones war viel zu glücklich, um irgendjemandem irgendetwas übel zu nehmen, nur leicht befremdet. Und er hatte es eilig. »Wird schon wieder«, sagte er strahlend und schlug Billy kräftig auf die Schulter.

Billy zuckte zusammen und sagte: »Aua.«

Hathaway Jones hatte die Posttasche schon unter dem Arm und wollte gehen, als er plötzlich doch so etwas wie Mitgefühl empfand und beschloss, Billy ein wenig aufzuheitern.

»Schon von dem Mann mit dem Gebiss gehört?« Hathaway Jones stellte die Posttasche wieder ab und fing an, von dem Arzt aus London zu erzählen, der sich vor ein paar Monaten in Gold Beach niedergelassen hatte. Sam Taylor hieß er und bei der Überfahrt war sein Schiff in einen Sturm geraten.

»Ihm wurde schlecht. Er musste kotzen, und was soll ich dir sagen, er hat sein Gebiss gleich mit rausgekotzt. Weg war es, vom Meer verschluckt. Sam Taylor konnte nur noch Brei essen. – Siehst du«, sagte Hathaway tröstend, »du bist nicht der Einzige.«

Poststellen-Billy hielt sich die Backe und stöhnte. Hathaway Jones erzählte großmütig weiter, obwohl ihm nicht entging, dass Billy seine Geschichte nicht recht zu würdigen wusste.

»Gebisslos setzt der Doktor seinen Fuß auf amerikanischen Boden. Kommt nach einer langen Reise in Gold Beach an. Lässt sich da nieder. Und was soll ich dir sagen? Paar Monate später oder so holt ein Fischer einen Riesenfisch aus dem Meer. Wie er ihn aufschneidet, findet er ein Gebiss in seinem Magen. Die Sache spricht sich rum, Sam Taylor hört davon. Er macht sich auf den Weg zu dem Fischer, setzt das Gebiss ein und was soll ich dir sagen? Es passt. Es war sein Gebiss!«

Billy ließ den Kopf hängen und Hathaway Jones klemmte sich die Posttasche unter den Arm und eilte beschwingt davon.

Auf Brownies Rücken sann er noch eine Weile darüber nach, wie es sein kann, dass einer nicht merkt, wie schön das Leben ist. Sicher, es war Billys letzter Zahn, aber was war ein Zahn gegen einen süßen Arsch!

Die Zügel locker in der Hand, fing Hathaway Jones an zu singen, Annabella von Kastilien, laut und falsch wie immer, hat zwei Schenkel wie zwei Lilien …

Der Pfad führte am Fluss entlang, der Farn leuchtete in

der Sonne. Hathaway Jones hatte Galice hinter sich gelassen und Billy schon vergessen, als er etwas sah, das sich zwischen den Felsen im Wasser verfangen hatte. Nicht etwas. Jemand. Es war ein Mann.

Noch vom Sattel aus sah Hathaway Jones das schwarze Kraushaar.

Ohne abzusteigen, machte er kehrt und ritt nach Galice zurück.

36

Draußen schien die Sonne. Das Fensterkreuz warf einen Schatten auf den gestampften Lehmfußboden. Es roch nach Kaffee und Leder und Whisky. Adeline Billings hatte die Ärmel ihrer Bluse hochgekrempelt und schrubbte die Theke ab.

Auf einem Hocker saß die alte Annie, über einen großen Tontopf gebeugt, und pulte Erbsen aus.

Hathaway Jones stand mit verschränkten Armen vor Arnold Edzard, der laut redete, zu laut für den kleinen Laden. Das bartlose Gesicht unrasiert, die hängenden Backen gerötet.

Hathaway Jones wippte ungeduldig mit dem Fuß.

Die hängenden Backen gaben dem Gesicht einen selbstzufriedenen und unendlich dummen Ausdruck, die dröhnende Stimme füllte den Raum und schmerzte in den Ohren, aber Hathaway Jones harrte aus: Arnold Edzard hatte etwas zu erzählen, das ihn interessierte. Er war in Grants Pass gewesen, wo der Prozess gegen Dutch Henry stattfand.

Adeline Billings trocknete sich die Hände an der Schürze ab, füllte den Becher, den Arnold ihr hinhielt, mit Whisky auf und fragte, ob man wisse, was aus Meisje geworden sei.

»Hat er sie auch umgebracht?«

»Glaub ich nicht«, erwiderte Arnold. »Die wird gerannt sein, als er Black abgestochen hat.«

»Abgestochen!« Adeline warf Hathaway einen Blick zu. Der zuckte andeutungsweise mit den Achseln.

Die ausgepulten Erbsen häuften sich in dem Tontopf, der Schatten des Fensterkreuzes war zu den Fässern mit Mehl und Zucker gewandert, und Arnold Edzard redete immer noch, ohne den Ausgang des Prozesses zu verraten. Hathaway fragte sich, wie sein Partner das aushielt. Der Haufen mit den Erbsen wurde immer größer, der Berg von Schoten immer kleiner, der Schatten des Fensterkreuzes war schon zu der Waage weitergewandert, aber Arnold Edzard war immer noch nicht zur Sache gekommen.

Hathaway Jones wippte heftig mit dem Fuß. Bisher wusste er nur, dass der Prozess stattgefunden hatte und Arnold Edzard dabei gewesen war. Endlich kam er zu Dutch Henrys Aussage, wobei er die gespreizte Redeweise des Holländers nachahmte:

» … Black wird in den Fluss gefallen und ertrunken sein. Ich bedaure, dem hohen Gericht nicht weiterhelfen zu können. Alles, was ich weiß, ist, dass der Mann erheblich angetrunken war.«

Arnold Edzard leerte seinen Becher und hielt ihn Adeline hin, ohne sie anzusehen.

Annie tastete mit reglosem Gesicht nach den letzten Schoten.

»Und weiter?«, fragte Adeline. »Haben sie ihn verurteilt?«

»Abwarten«, dröhnte Arnold. »Dazu komme ich noch. Erst mal sagt der Staatsanwalt: ›Das können Sie Ihrer Großmutter erzählen, Mister!‹ Dutch Henry glotzt den Staatsanwalt mit seinen Tote-Fisch-Augen an und sagt: ›Bitte?‹«

Hathaway Jones hörte auf, mit dem Fuß zu wippen.

»Und?«

Arnold Edzard grinste. »Der Staatsanwalt hat angeordnet, dass die Leiche ausgebuddelt wird.«

»Warum?«, fragte Hathaway.

»Er will beweisen, dass das Messer von Dutch Henry genau in das Loch in Blacks Kopf passt. Die Verhandlung ist geschmissen. Es gibt einen neuen Termin.«

37

Als Hathaway Jones endlich bei der Thomas-Farm ankam, waren Brownie und die Packtiere schweißüberströmt. Doch die Eile war umsonst gewesen. Die Farm lag wie verlassen, Türen und Fenster waren geschlossen.

Irgendwo brüllte ein Rind, sonst war es still – auf der Lichtung vor dem Wohnhaus und den Ställen war nichts zu hören als das sommerliche Summen der Insekten.

Hathaway blieb einen Augenblick unschlüssig im Sattel sitzen, dann sprang er zu Boden, rannte zur Haustür und bummerte dagegen.

Die Tür ging auf, ein Gewehrlauf erschien und Jims Stimme brüllte:

»Hau ab!«

Hathaway riss die Arme hoch und machte einen Schritt zurück, überzeugt davon, dass der Alte wusste, was er mit Flora Dell getrieben hatte. Und bestimmt war er betrunken und würde sagen, du hast meine Tochter entehrt, meine Tochter entehrt, und ihn erschießen, bevor er alles abstreiten konnte. Aber da stand er schon in der Tür, seltsamerweise ziemlich nüchtern, und sagte freundlich: »Du bist es, mein Junge, komm rein.«

Hathaway lachte erleichtert. »Wen habt ihr denn erwartet?«

Ohne zu antworten, schlurfte Jim, auf den Gewehrlauf gestützt, zu einem Stuhl neben der Tür.

Hathaway warf einen Blick in den Raum und wusste, wen sie erwartet hatten.

An dem Tisch saß das Indianermädchen, abgemagert und mit entzündeten Augen. Hinter ihr stand Flora Dell mit einer Bürste in der Hand.

Meisje hatte keine Zöpfe mehr. Das schwarze Haar war kurz geschnitten, verfilzt und struppig.

»Der Prozess ist geschmissen«, verkündete Hathaway Jones, ohne den Hut abzunehmen und ohne sich zu setzen.

Meisje sprang auf. »Ist er frei?« Ihr Rock war schmutzig und der Griff eines Messers ragte aus dem Bund.

Hathaway Jones blickte von dem Messer zu den entzündeten schwarzen Augen. »Kannst dich wieder setzen. Rausgelassen haben sie ihn nicht. Sie wollen …«

Er dachte an den Augenblick am Mule Creek, als Black und Meisje sich umarmt hatten, ohne zu wissen, dass er da war; er dachte an ihre Liebe und an seine und wusste nicht, wie er ihr beibringen sollte, dass sie ihren Liebsten wieder ausbuddeln würden.

»Sie wollen … Dutch Henry sagt, er war es nicht. Der Sheriff sagt, Black hatte ein Loch im Kopf von einem Messer. Der Staatsanwalt will beweisen, dass das Messer von Dutch Henry in das Loch passt.« Hathaway Jones sah angestrengt in die Luft. »Sie wollen ihn ausgraben.«

Meisje ließ sich auf ihren Stuhl fallen.

Flora Dell legte die Bürste weg, setzte sich zu ihr und nahm ihre Hand.

Hathaway Jones drehte sich um und ging zur Tür.

»Bin gleich wieder da. Die Gäule müssen saufen.«

Er war dabei, Brownie abzusatteln und die Packtiere von ihrer Last zu befreien, als Flora Dell aus dem Haus kam. Beide waren befangen. Schweigend führten sie die Maultiere zum Fluss. Schließlich sagte Hathaway düster: »Wenn der Schleimscheißer sie hier findet ...«

»Was meinst du, warum Vater mit der Flinte an der Tür sitzt?«, fragte Flora Dell kampflustig.

Hathaway Jones lachte nervös. »Und auch noch nüchtern.«

»Fast«, sagte Flora Dell.

Während die Maultiere gierig das Wasser schlürften, erzählte Flora Dell, dass Dutch Henry nach Grants Pass geritten war, um Waren einzukaufen, und Meisje und Black die Gelegenheit genutzt hatten, um zu fliehen.

»Sie haben gedacht, sie hätten einen guten Vorsprung. Aber er muss früher zurückgekommen sein. Hat sie bei Galice eingeholt. Black hat Meisje gesagt, dass sie laufen soll. Und sie hat gehorcht. Weißt du«, sagte Flora Dell, »sie ist es gewohnt zu gehorchen. Und jetzt ... jetzt kann sie sich das nicht verzeihen. Sie glaubt, dass Black noch leben würde, wenn sie nicht gelaufen wäre. Und dass sie ihn rächen muss. Hast du das Messer in ihrem Gürtel gesehen?«

Hathaway nickte.

»Sie ist gelaufen, sie weiß nicht, wie lange, immer am Fluss entlang. Und dann hat sie auf ihn gewartet, bis es dunkel wurde. Er ist nicht gekommen. Sie ist umgekehrt und hat ihn in der Dunkelheit gesucht.«

Die Maultiere hoben eins nach dem andern die Köpfe. Von ihren Mäulern tropfte das Wasser.

Hathaway und Flora führten sie auf die Weide.

»Meisje ist die ganze Nacht herumgeirrt. Am Morgen hat sie sich auf den Weg zur Billings-Ranch gemacht. Die Zeichen haben ihr gesagt, dass Black tot ist. Aber sie hat es nicht glauben wollen. Sie ist zu Annie geschlichen und hat sie aufgeweckt. Annie hat ihr gesagt, dass du ihn gefunden hast. Zum Abschied hat sie ihr das Messer gegeben. Mit dem Messer hat sie sich das Haar abgeschnitten und geschworen, Black zu rächen. Aber als sie am Ditch Creek ankam, wurde Dutch Henry gerade abgeführt. Sie haben ihn gefesselt aufs Pferd gesetzt. Meisje ist ihnen bis nach Grants Pass gefolgt. Aber sie kam nicht an ihn heran. Er war immer bewacht. Dann ist sie hierher gekommen.«

Auf dem Weg zurück zum Wohnhaus nahm Hathaway Floras Hand und fragte, ob sie etwas dagegen hätte, wenn er bliebe.

38

Die Türen und Fenster der Ranch standen wieder offen.

Jim Thomas hatte seinen Platz an der Tür aufgegeben und betrank sich scheinbar in aller Ruhe. Sein Gewehr lehnte neben dem von Hathaway am Klavier. Die zittrigen Hände tätschelten den Arm seiner Tochter.

»Deine Mutter konnte den Leisetreter nie leiden.«

»Ich weiß, Vater.«

Es war schwül.

»Wird ein Gewitter geben«, sagte er.

»Ja, Vater.«

Draußen tanzten die Mücken. Meisje saß teilnahmslos am Tisch und starrte mit entzündeten Augen ins Leere.

»Weiß jemand, dass du hier bist?«, fragte Hathaway Jones.

Sie schüttelte den Kopf, ohne ihn anzusehen.

»Niemand darf wissen, dass du hier bist. Hörst du?« Sie nickte, aber er war nicht sicher, dass sie ihn wirklich hörte. »Niemand. Wenn der Schleimscheißer dich hier findet …«

Sie wandte ihm langsam den Kopf zu. »Ich bleibe sowieso nicht.«

»Du bleibst«, sagte Flora Dell.

»Ich kann nicht. *Ich* muss *ihn* finden.«

»Warte wenigstens den Prozess ab.«

»Ich kenne ihn«, sagte Meisje heftig. »Er redet sich raus.«

»Und wenn du hingehst und sagst, dass du mit Black zusammen warst, als …?«

»Aber sie hat nicht gesehen, wie der Schleimscheißer ihn … umgebracht hat«, mischte sich Hathaway ein. »Außerdem ist sie eine Rothaut. Nichts für ungut«, sagte er, zu Meisje gewandt. »Wer glaubt schon einem Indianermädchen? Nein, das ist nichts.«

Flora Dell sah ihn erstaunt an. »Neue Töne.«

Er machte ein verlegenes Gesicht.

Jim fing wieder von vorne an. »Hattie konnte den Leisetreter …«

»Ich weiß, Vater«, sagte Flora.

Meisje wandte sich plötzlich an Hathaway Jones. »Wann?«

»Wann was?«, fragte Hathaway Jones.

»Wann geht der Prozess weiter?«

Hathaway Jones zuckte die Achseln. »Weiß ich nicht. Wird eine Weile dauern, bis sie … Na ja, das geht nicht so schnell.« Er klatschte sich auf die Hand, fasste die erschlagene Mücke mit spitzen Fingern und ließ sie auf den Boden fallen.

»An mich gehen sie nicht«, sagte Meisje herausfordernd.

Hathaway grinste sie an. »Bist ja auch eine Rothaut.«

Meisje grinste zurück. »Und du, Bleichgesicht – warum gräbst du nicht nach Gold wie die andern?«

Hathaway kratzte auf dem Mückenstich an seinem Handrücken herum und murmelte mürrisch: »Kommt doch nichts bei raus.«

»Willst du nicht reich werden?«

»Doch, schon. Wir haben es ja versucht, mein Vater und ich – als wir an den Rogue gekommen sind … Immer bloß schuften!«, sagte Hathaway plötzlich aufgebracht. »Schuften und nichts sehen und hören. Das kann es nicht sein. Da bin ich lieber mit meinen Mulis auf dem Trail.«

»Und hast du keine Angst?«, fragte Meisje.

»Ist das ein Verhör oder was?«

»*Ich* hatte Angst«, sagte Meisje. »Draußen in den Nächten.«

»Du bist ja auch ein Mädchen.«

Das wollte Meisje nun gerade nicht hören. »Ich hatte keine Angst vor den Tieren. Ich hatte Angst vor den Menschen.«

»Keine Angst vor Bären, Klapperschlangen, Skorpionen?«

»Doch. Aber bei denen weiß ich, woran ich bin. Bei Menschen ist das anders.«

»Sind nicht alle gleich«, sagte Hathaway. »Weißt du, wer das gesagt hat? Das war Black, auf dem Sommerfest … Black, das war ein Mann!«

Meisje nickte. »Ja, das war ein Mann.«

»Der wusste was«, sagte Hathaway. »Auf dem Sommerfest wollte er mir was sagen …«

»Er wusste, dass du in Flora verliebt bist.«

Jim, der vor sich hin gedöst hatte, schreckte hoch. »Verliebt? Wer ist verliebt?«

»Hathaway Jones, Vater«, sagte Flora Dell, ohne eine Miene zu verziehen.

»Ahhh«, machte Jim. »In wen?«

Alle drei verbissen sich das Lachen.

»Das will er uns nicht verraten.«

»Junge«, sagte Jim. »Nimm dich in Acht. Als ich so alt war wie du …«

Hathaway, Flora und Meisje sahen sich an und prusteten los. Jim machte ein gekränktes Gesicht und winkte ab. »Lassen wir das.«

Meisje hörte mitten im Lachen auf und fing an zu weinen. »Wir wollten nach Portland …«

39

Ohne die Packtiere, nur mit der Posttasche, war Hathaway Jones der reitende Bote. Übernächtigt und von einem Regenschauer durchnässt, aber glücklich. Und ein bisschen schuldbewusst, weil er so glücklich war mit Flora Dell, und Meisje so unglücklich.

Er war auf dem Weg nach Grants Pass, um in Erfahrung zu bringen, wie der Prozess ausgegangen war. Doch brauchte er gar nicht so weit zu reiten.

An Horseshoe Bend, wo der Fluss eine Biegung macht, die wie ein Hufeisen aussieht, traf er Liz Wooldridge und ihren Vater. Sie kamen gerade aus Grants Pass, und Hathaway brauchte nur ihre Gesichter anzusehen, um zu wissen, dass Dutch Henry wieder einmal davongekommen war.

Der Sheriff war mit Blacks Kopf in einer Hutschachtel erschienen. Er hatte die Hutschachtel aufgemacht. Im Gerichtssaal hatte sich ein entsetzlicher Gestank verbreitet. Dutch Henry hatte die Nase gerümpft, ganz wie ein harmloser Bürger, der sich durch einen unzumutbaren Gestank belästigt fühlt. Der Richter hatte erklärt, er könne Beweismaterial dieser Art nicht im Gerichtssaal dulden. Der Sheriff hatte die Hutschachtel wieder zugemacht. Dutch Henry war freigesprochen worden.

Hathaway Jones machte kehrt und ritt zur Thomas-Farm zurück.

40

Brownie wieherte, als sie die Lichtung vor der Farm erreichten. Von der Weide kam eine mehrstimmige Antwort.

Der weiße Vorhang blähte sich im Wind, aber die Haustür war geschlossen. Etwas war nicht in Ordnung. Hathaway Jones wusste nicht, was es war, bis er das Wiehern noch einmal hörte: Es war das Wiehern eines einzelnen Pferdes und es kam aus einer anderen Richtung. Nicht von der Weide. Etwas stimmte nicht.

Hathaway Jones reitet um das Haus herum und sieht, was er befürchtet hat: einen großen hässlichen Schecken. Dutch Henrys Pferd.

Sicher, dass sie das Wiehern drinnen auch gehört haben, überlegt er einen Augenblick zu lange, was er tun soll.

Hinter ihm befiehlt eine gefährlich leise Stimme: »Hände hoch, Bürschchen!«

Hathaway Jones gehorcht.

»Runter vom Pferd!«

Hathaway Jones lässt sich langsam aus dem Sattel gleiten. Brownie senkt den Kopf und fängt an zu grasen.

»Wo ist sie?«

Hathaway Jones stellt sich blöd. »Wer?«

Dutch Henry macht einen Schritt auf ihn zu, Gewehr im Anschlag. »Kleiner!«

Hathaway Jones hat ein schrecklich hohles Gefühl im Bauch. »Ich weiß wirklich nicht, wen Sie meinen, Mister.«

Er hört die Angst in seiner Stimme, er sieht Dutch Henrys gemeines Lächeln und denkt immer noch, er kann sich herausreden. »Ich wollte nur die Post abliefern und …«

Dutch Henry macht noch einen Schritt auf ihn zu. »Wo ist sie?«

»Hier bin ich!«

Plötzlich steht Meisje neben Hathaway Jones.

»Meisje«, sagt Dutch Henry scheinbar sanft. »Wo warst du? Wir haben auf dich gewartet.«

»Ich heiße nicht Meisje.«

»Meisje«, sagt Dutch Henry. »Was ist mit deinem Haar passiert? Und deine Augen sind so rot. Hast du geweint?«

»Mein Name ist Schwarzes Feuer.«

»So? Ich dachte, das hättest du hinter dir gelassen, Meisje.« Plötzlich wird seine Stimme schneidend. »Wir gehen jetzt. Hau ab, Hathaway Jones!«

Hathaway lässt langsam die Arme sinken. Das Mädchen neben ihm zieht die Luft ein. Doch ihre Züge bleiben ausdruckslos.

Jim kommt schnell und geräuschlos um das Haus herum. Sein Gewehr ist auf Dutch Henrys Rücken gerichtet. Hathaway bückt sich nach Brownies Zügeln, um sein Gesicht zu verbergen. Die Zügel sind zwischen die Hufe geraten. Hathaway hebt einen Huf an und zieht den Zügel darunter hervor, als er einen Schuss hört. Das Gewehr fliegt aus Dutch Henrys Hand. Brownie macht auf den Hinterhufen kehrt und galoppiert davon. Meisje reißt das Messer aus dem Rockbund und stürzt sich mit einem Schrei auf Dutch Henry.

»Halt!«, brüllt Jim, das Gewehr jetzt auf Meisje gerichtet. »Ich will nicht, dass du zur Mörderin wirst. Das ist er nicht wert. Du sollst leben. Steh auf.«

Meisje rührt sich nicht. Flora Dell kommt und zieht sie weg. Jim richtet den Gewehrlauf wieder auf Dutch Henry und sagt: »Hattie konnte dich nie leiden, Leisetreter.« Und drückt den Abzug durch.

Dutch Henry ist tot.

Meisje bekreuzigt sich, so wie sie es einst im Waisenhaus gelernt hat.

Hathaway rennt los, um Brownie wieder einzufangen.

Flora Dell fragt: »Und was machen wir mit seinem Pferd?«

Hathaway Jones schlägt vor, es in die Berge zu bringen, zu dem weißen Hengst und seiner Herde.

»Und mit seiner Leiche?«

»Nicht in den Fluss«, sagt Hathaway, »nicht in den Fluss.«

»Du hast wohl Angst, ihn zu finden, Hathaway Jones«, sagt Jim, kichert ein bisschen, wird dann plötzlich ernst. »Du bist verliebt, was? Doch nicht in meine Tochter? Das ist meine Tochter!« Er hebt das Gewehr. »Verstanden? Meine Tochter!«

Flora Dell schreit auf. »Vater!«

Jim lässt das Gewehr sinken und hängt es sich über die Schulter. »Ich brauche jetzt einen Whisky. Und ihr grabt ein schönes tiefes Loch. Es gibt einen Bösewicht weniger, aber es wachsen ja genügend nach.«

41

Hathaway Jones briet eine Forelle, trank Wasser aus dem Whisky Creek und schaute zu, wie es dunkel wurde und die Kiefern und Tannen am Waldrand und die Weidenbüsche am Fluss langsam verschwanden.

Er ließ den Sand durch die Finger rinnen und blickte in den Sternenhimmel. Poststellen-Billy hatte ihm erzählt, dass manche von den Sternen, die er sah, längst erloschen waren, und er wusste, dass er nicht unten und sie nicht oben waren, wie es den Anschein hatte.

Im Fluss plätscherte und gurgelte es.

Leise schlugen die Wellen gegen den Strand.

Hathaway Jones hatte gelernt, dass immer alles anders kam, als er erwartet hatte, aber eines wusste er ganz genau: Auch wenn die Erde nur ein Punkt im Weltall war und ringsum die Sterne, so würde sein Vater doch, wenn er morgen gegen Mittag nach Hause kam, entweder Holz hacken oder einen Fisch ausnehmen, auf jeden Fall aber nur kurz aufblicken und fragen:

»Wieder da?«

Dies war die Geschichte von Hathaway Jones, der Flora Thomas geheiratet hat und noch fast fünfzig Jahre lang mit seinen Packtieren den Rogue-River-Trail entlanggezogen ist, um Goldgräbern und Siedlern ihre Post zu bringen und was sie sonst noch brauchten, bis sich eines Tages im September sein Sattelgurt löste, er von seinem Maultier stürzte und sich das Genick brach. Sein Grabstein findet sich noch heute auf dem Friedhof von Foster Creek. Dutch Henry, Scotty McCullen, Black, Clarence Burke und alle, die sonst noch in diesem Buch vorkommen, haben gelebt, ihre Geschichten sind zum Teil in Gerichtsakten, zum Teil mündlich überliefert.

Ich bin an diesem Abschnitt des Rogue River unterwegs gewesen, zu Fuß, mit Rucksack, Kochtopf und Schlafsack, auf den Spuren von Hathaway Jones, der mir gefallen hat, weil er nicht reich werden, sondern leben wollte, und weil er sich Geschichten ausgedacht hat auf seinen langen Ritten an diesem wilden Fluss entlang, der in den Bergen von Oregon entspringt, durch die Holzfällerstadt Grants Pass fließt, vorbei an dem ehemaligen Goldgräbernest Galice und dann durch bewaldetes Bergland zum Stillen Ozean. Heute ist das Gebiet, das etwa so groß ist wie Hessen, ein Naturschutzgebiet mit Berglöwen, Pumas und Luchsen, mit Schwarz- und Braunbären, Kojoten und Rehen, Fischadlern und Reihern, Nachtigallen und Falken, mit Lachsen und Stören, Forellen und Ottern. Die Goldgräberhütten sind bis auf eine abgerissen, ebenso die Farmen, nur die Billings-Ranch steht noch, zur Erinnerung an vergangene Zeiten, und ein Bach und ein Wasserfall sind nach Flora Dell benannt.

Katja Behrens, im Sommer 2001

Martina Wildner
Jede Menge Sternschnuppen
Roman. Gebunden, 216 Seiten (80910)
Peter-Härtling-Preis der Stadt Weinheim

Mit Dreizehn muss man vom Zehner gesprungen sein und ein Mädchen geküsst haben, soviel steht fest. Komisch, originell und herzerfrischend wird hier von einem aufregenden Sommer erzählt: Es sind die Hundstage. Die beginnen am 23. Juli und das ist Viktors 13. Geburstag. Viktor geht jeden Tag ins Schwimmbad, denn Wasser macht glücklich. Außerdem ist da noch diese elendige Wette, dass er bis zum Ende der Sommerferien vom Zehn-Meter-Turm gesprungen sein muss. Und da steht plötzlich dieses Mädchen mit den roten Haaren auf dem Zehner, das den schönsten Kopfsprung macht, den Viktor je gesehen hat. Aber Deborah scheint auch eine gute Detektivin zu sein. Denn dieser Sommer ist voller Rätsel: Woran starb Kaiser Wilhelm, der rote Cocker, und wer hat den Hund von Deborah entführt? Wer verdammt noch mal steckt hinter den anonymen Briefen,wer ist Asset-moc?

»Was Viktor erzählt ist komisch und überraschend. Die Jury war besonders beeindruckt vom frischen, unverbrauchten Tonfall der Autorin, der es gelingt, den komplizierten Alltag zweier Kinder leichtfüßig und zugleich hintersinnig wiederzugeben.«
Aus der Jurybegründung des Peter-Härtling-Preises

www.beltz.de
Beltz & Gelberg, Postfach 10 01 54, 69441 Weinheim